*Érase una vez el amor
pero tuve que matarlo*

Autores Españoles e Iberoamericanos

Efraim Medina Reyes

---

*Érase una vez el amor
pero tuve que matarlo*

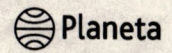

🜨 Planeta

Este libro no podrá ser reproducido, ni total ni parcialmente, sin el
previo permiso escrito del editor. Todos los derechos reservados.

© Efraim Medina Reyes, 2003
© Editorial Planeta Colombiana S. A., 2003
 Calle 73 No. 7-60 Bogotá

 COLOMBIA: www.editorialplaneta.com.co
 VENEZUELA: www.editorialplaneta.com.ve
 ECUADOR: www.editorialplaneta.com.ec

Cubierta: Mariela Agudelo P. sobre un diseño de Editorial Planeta
 Fotografía de Cesare Cicardini

Primera edición de Proyecto Editorial: abril de 2001

Primera edición de Editorial Planeta: febrero de 2003
Segunda edición de Editorial Planeta: junio de 2003
Tercera edición de Editorial Planeta: octubre de 2003
Cuarta edición de Editorial Planeta: febrero de 2004
Quinta edición de Editorial Planeta: abril de 2004
Sexta edición de Editorial Planeta: junio de 2004

ISBN 958-42-0519-6

Impresión y encuadernación: Cargraphics S. A. — Red de Impresión Digital

Tú me recuerdas un poema que no logro recordar una canción que nunca existió y un lugar al que jamás habría ido.

1
DILLINGER JAMÁS TUVO UNA OPORTUNIDAD

INTERIOR-NOCHE
Música de Sex Pistols

Me llaman Rep —diminutivo de reptil— desde que recuerdo. Mido seis pies y peso ochenta y un kilos (como los *cowboys* de Marcial Lafuente Estefanía), tengo ojos negros y hundidos como agujeros de escopeta a punto de disparar, la boca sensual y una verga de 25 centímetros en los días calurosos. No soy eyaculador precoz ni suelo tener mal aliento, me gusta cortarme las uñas hasta hacerlas sangrar, tengo huellas de acné en la cara y el culo, unos dientes fuertes y el olor natural de mi piel es fascinante. Para la eficaz e inolvidable sacudida que toda mujer sueña, soy el tipo indicado. También me destaco bebiendo. No sé bailar ni cantar, pero si los que saben hacer esas cosas pudieran hacerlo como yo, estarían en la cima. Mis amigos piensan que soy *la verga herida*, mis enemigos que soy un fantoche. A y B son opiniones acertadas, aunque ya sabrán cuál prefiero. Soy heterosexual y mi inteligencia es feroz. He recibido heridas de bala, cuchillo y objetos no identificados. Jamás he matado a nadie pero he dejado a muchos al borde de la muerte física o espiritual. No es bueno meterse conmigo. Mi corazón es dentado como esquirlas de explosión. No me gusta la gente quejumbrosa ni las madres que golpean a sus hijos. Existe una bella mujer llamada Nilda que me encanta.

Este es un cuarto pequeño pintado de negro. En las paredes hay afiches de Teo Monk, Sócrates y Morrison. Hay fotografías de Ma-pi, Adriana Cadavid y Uma Thurman. Las persianas están cubiertas de una delgada capa de polvo donde a veces escribo nombres y teléfonos porque me divierte ver cómo el polvo los borra. Si sobreviven tres días es mala señal y entonces los borro yo mismo. Siempre hay mujeres rondando por aquí y si tengo ganas o algún especial interés les pongo el aceite a punto. Algunos dicen que soy cruel, sin embargo, jamás mato una cucaracha si no es necesario. Tengo una grabadora, libros, abanico, cama, máquina de escribir y un cenicero para las visitas.

El tipo que canta se llama Sid Vicious, un demente de la peor calaña. La mujer que amó se llamaba Nancy Spungen: juntos trataron de hacer lo mejor posible, romper los duros bordes de la realidad y para eso tiraron con saña, se taparon la crisma con todo tipo de drogas, vomitaron su rabia en hoteles malolientes. Hicieron valer —en todo el sentido— su libertad en un mundo de muñones caminantes. Quisieron robar un pequeño espacio de vida en el reino de la muerte. Vivieron como ángeles infernales y cayeron como perros callejeros. Nancy sostuvo una dulce sonrisa mientras Sid hundía el cuchillo en su pecho catorce veces. Gary Oldman interpretó a Sid en un film de Alex Cox pero Oldman no estuvo a la altura, era un caguetas, ¿alguna vez has sido un caguetas? Yo sí, justo cuando estuve enamorado de cierta chica pero ella no era como Nancy, ella era blanda como un flan y terminó casándose con otro flan y tuvieron flancitos. Ella quería ser actriz pero con su blanda personalidad no habría podido interpretar ni una voz en *off*. Sentados en la playa mirábamos la luna y yo le inventaba con palabras un reino de duendes alucinados y castillos medievales, gastaba el poder de mi mente en ella, una mujercita que usaba la cabeza para separar las orejas, adentro sólo había piojos de ratón enfermo. Sid era el alma de los Sex Pistols pero cuando lo enterraron vino otro hijo de perra y la fiesta siguió tal cual. En realidad se trataba de unos escolares tratando de ser malos pero se les olvidó que los malos no cantan ni bailan. La gente que tiene pelos en el corazón y piensa mucho antes de dormirse jamás consigue ser mala. Sid habría podido serlo pero meneaba el trasero con verdadera gracia y eso es un imperdonable desliz.

No digo que soy malo pero digo *ten cuidado*. Soy de una raza indómita, que se mueve rápido, esa clase de seres que deja a su paso un rastro de ansia. Ya no digo mentiras porque perdí la imaginación pero no hay nada que sea confiable en mis verdades. Abro los ojos y miro el cielo raso. Eso me da ganas de pensar. Pienso echado muchas horas. No siempre fue así. Como Sid y Nancy, yo también traté de llegar a tiempo para la cena pero las vallas publicitarias y las señales de tránsito fueron pudriéndome la sangre. Mamá venía cada noche a revisar mi sueño: primero me quitaba el libro de las manos, luego me arropaba bien, me bendecía dos veces, apagaba la luz y se iba sin hacer el menor ruido. Como Sid y Nancy, yo también adiviné formas en las nubes y no siempre fueron agradables. Como ellos, me aburrí viendo desfilar hediondos profesores y bandas de guerra mientras al fondo soltaban feroces escupitajos y pedos entrecortados. Entonces salté por la ventana y pisé el acelerador a fondo, entré en contacto con el pasto y las libélulas, y luego ya no hubo pasto sino un tictac prometedor, un brusco amago de música y otros que como yo buscaban la comba al palo.

EXTERIOR-DÍA

¿Sabes qué pasa en los hospitales a medianoche, qué clase de gente recorre sus pasillos, cuántos dulces de menta se consumen allí por hora?

Estoy agachado frente a la universidad en compañía de Toba. Él está de pie, recostado contra una puerta. Ambos estamos bebiendo desde la tarde anterior y ahora esperamos a que salga Ortega para pedirle dinero y tomarnos unas cervezas donde Miss Blanché. Ortega es profesor en ese antro y a veces escribe poemas. Su nombre es Augusto pero todos le dicen Ortega y él lo prefiere así. Los estudiantes que entran y salen nos miran con sorna y las chicas con asco y curiosidad. Imagino que debemos tener un aspecto repugnante pero lo esencial nos sigue pesando. A Toba un poco más por cierto. La mirada de esos estudiantes espanta, hay más lucidez en un pabellón psiquiátrico, en la misma morgue. Algunas chicas tienen buen aspecto.
—¿Qué es buen aspecto, Rep?
—Tetas grandes y nalgas prominentes.
—No me gustan las tetas grandes.
—A mí sí.
Uno de los mutantes se acerca: es el pequeño Nico. No sólo es estúpido sino que además piensa que tiene cosas

en común con nosotros. Su sentido del humor es tan eficaz como el pataleo de una tortuga en agua hirviendo. Se rasca la cabeza. No es mala persona, no tiene la culpa de ser escaso, un pedazo de basura genética vacía y sonriente. Durante un rato trata de flotar a nuestro lado para chupar imagen pero Toba se tapa uno de los hoyos de la nariz y resopla por el otro dejando salir todo tipo de objetos e inmundicias. Nico observa la pila multicolor en el suelo, entre sus pies, y pone tierra de por medio.

Ortega nos da el dinero. Es amable y evasivo. Toba trata de abrazarlo pero no lo dejo. Ortega da explicaciones, le digo que entiendo, que se vaya. Nos metemos donde Miss Blanché. El lugar está repleto de mutantes que toman coca-cola o café mientras discuten leyes y teoremas con aires de grandeza. Miss Blanché nos ofrece su mejor sonrisa. Ella prefiere —obvio— a los que toman cerveza.
La cerveza está helada. El alma me vuelve al cuerpo.
—Para ser poeta le faltan cojones.
—Ortega es profesor, Toba.
—Para ser profesor le sobran.
—¿Y qué hay de ti?
—No sé —dice Toba con la mirada clavada en Miss Blanché. Ella tiene casi cincuenta y amplias caderas—. Soy un pescador pero el agua está oscura.
—Como el forro de Betty.
—No te metas con ella, Rep.
—Pero si es sólo una pila de caca asoleada.
—Vamos afuera, hijoputa.
El sol saca chispas del asfalto, los mutantes van y vienen, las cervezas se calientan en nuestras manos al instan-

te. Toba tiene lágrimas y moco. Alguien nos azuza desde una ventana: estamos frente a frente pero las ganas de pelear se han ido. Le digo que entremos y me sigue como un perro. Voy al baño y cuando regreso está roncando. Sigo tomando solo. Miss Blanché nos observa, parece preocupada. Toba resbala de la silla y queda medio tendido en el piso. Los mutantes ríen, me gustaría tener un arma y matarlos a todos. ¿Y si la razón fuera de ellos, si los mutantes fuéramos Toba y yo? Sería una lástima que ganaran. Ahora parecemos escoria pero hemos tenido una noche vibrante. Le pago a Miss Blanché y me despido. Me pregunta por Toba. Le digo que llame a la policía para que lo saquen.

—¿Acaso no es su amigo?

—Sí, lo es.

INTERIOR-NOCHE
Música de Sex Pistols

Nancy amaba a Sid pero le gustaba leer filosofía y escuchar música de Wagner. Sid amaba a Nancy y no le gustaba nada más. Si cantaba con el grupo era por amor a Nancy. Sid odiaba la filosofía y la música de Wagner y odiaba cualquier cosa que le gustara a Nancy. Por suerte a Nancy no le gustaba el grupo, así que no tenía que odiarlo. Cuando Nancy estaba feliz con algo, Sid trataba de arruinar esa felicidad, de matar ese *algo*. Nancy era feliz con Sid y Sid se dañaba a sí mismo, no quería que ella fuese feliz en absoluto, la gente feliz no le era confiable y él quería confiar en Nancy. Sid golpeaba las paredes con la cabeza hasta sacarse sangre y Nancy lloraba y eso satisfacía a Sid. Nancy restañaba las heridas de Sid con honda tristeza y él la cubría de besos, chupaba su sangre mojada por las lágrimas de Nancy. Así estaban bien las cosas para Sid, pero Nancy estaba agotada y solía escaparse por allí para drogarse sola. La gente decía cosas malas de Nancy. Sid era el ídolo y lo querían aislado, expuesto: lo querían jodido por y para ellos. La prensa esculcaba sus intimidades, los llamaban monstruos sin corazón, muñecos tragamonedas.

Los conciertos se sucedían uno tras otro, el público pedía acción. Sid se agitaba furioso y la gente gritaba. Pero Sid no estaba furioso, sólo fingía estarlo. Sid tenía angustia, quería estar con Nancy, la había perdido de vista y se la imaginaba sacándole chispas a cualquier malato en una trastienda. Sid envenenaba sus canciones, su corazón estaba al rojo vivo. Abajo, frente a él, se movía aquella sustancia viscosa, delirante. En otro lado, protegidos por matones, los dueños del mundo contaban billetes y quizás uno de ellos se estaría atorando a Nancy, uno bien feo, uno pequeño y gordo como un sapo prehistórico. Nancy estaba triste y eso la inclinaba hacia la mugre. Estaría gimiendo bajo ciento cincuenta kilos de sebo cualquiera, sin control de calidad ni fecha de vencimiento, sebo sin alma. Sid no quería cantar más, sus ojos estaban inyectados de sangre y tenía espuma en la comisura de los labios. La multitud coreaba sus maldiciones, lo adoraba como a un dios pero aquel dios, encandilado por los celos, estaba sudando sangre. Aquel dios quería la cabeza de Nancy y sus amantes en una bandeja de plata.

Sid y Nancy pasaban juntos la mayor parte del tiempo. Sid golpeaba a Nancy porque Nancy no sabía cocinar. Nancy insultaba a Sid porque lo encontraba atorándose niñas. A veces alquilaban una mugrosa habitación y duraban días encerrados sin darse un beso. El encargado del motel se preguntaba qué clase de cosa tragaban los *Smiths* para resistir tanto. Las ganas de abrazar a Nancy enloquecían a Sid pero no daba su brazo a torcer, sabía que ella estaba sufriendo, veía formarse aquel rictus de dolor en su cara, eso era más placentero para Sid que el deseo, eran gotas de ácido en los nervios, el sabor de la muerte. Nancy no se atrevía a romper la invisible pared, permanecía muy quieta sin quitar los ojos de Sid, luchando contra el sueño. Sabía que Sid estaba loco y no podía darle chance, detrás de aquellos ojos serenos daban una fiesta los demonios y ella no quería ser la torta. Cuando llegaba al límite de su resistencia, Sid se deslizaba como un *marine* en maniobras de combate y caía sobre ella con toda su ansia. Nancy se defendía y él soltaba una carcajada salvaje.

Sid inyectaba a Nancy, la bañaba y le limpiaba el culo. Usaban la misma aguja, el mismo cepillo de dientes, el mismo perfume. Sid detestaba sentirse vulnerable y Nancy le causaba esa sensación. Nancy jamás pensaba en su amor por Sid, no oponía resistencia, se dejaba anegar por aquel brusco sentimiento, se sentía a gusto en aquella sustancia. Sid pensaba en matar a Nancy, imaginaba mil formas distintas, para él no había otra salida. Nancy trataba a Sid como si fuese un escolar asustado. Bob, el baterista, se burlaba de Sid cuando lo encontraba en el regazo de Nancy. Bob estaba enamorado de Nancy, todos lo sabían. Nancy sabía que Sid iba a matarla tarde o temprano pero optaba por pensar en otras cosas. A Nancy no la seducía pensar en el amor, para ella el amor como idea era una pesadilla, un presente loco e impenetrable. Nancy despreciaba a la gente que hacía un axioma del amor, odiaba las canciones de amoríos y decepciones, prefería quemar sus neuronas en las encrucijadas de Spinoza y Kant. Sid sólo pensaba en Nancy, cuando estaba drogado tenía alucinaciones con ella. La idea de perder a Nancy ablandaba su cerebro, imaginarse sin ella le abría un hueco más grande que él. Sid componía canciones de amor y muerte para Nancy pero ella no las tomaba en cuenta. Nancy estaba leyendo en un rincón mientras Sid y Bob se golpeaban. Nancy no había hecho el amor con Bob como sospechaba Sid pero tampoco lo daba por descontado. Bob era un buen baterista y quería mucho a Sid, por eso se dejaba ganar.

Nancy podía quedarse el día entero leyendo. Sid iba de un lado a otro de la casa derribando lo que encontraba a su paso. No podía entender qué se traía Nancy con aquellos libros, él quería comprarle un caballo pero Nancy no se interesaba en los caballos. Sid se preguntaba qué clase de chica era Nancy pero no tenía respuesta.

—¿Para qué rayos lees eso, gatita?
—Me gusta.
Sid tomó el libro y leyó dos líneas.
—¿Y entiendes lo que dice?
—No.
—¿Entonces?
—Me gusta.

Cada cierto tiempo Sid echaba los libros de Nancy al fuego, entonces ella perdía el apetito, se drogaba a cualquier hora, no contestaba sus preguntas. Sid veía cómo iba apagándose como un lento atardecer de otoño. No era una sorpresa para Nancy verlo llegar con una caja de papel rosa en cuyo interior había ediciones de lujo de los libros quemados y nuevos títulos y autores que ella no conocía. Las revistas femeninas escribían sobre Nancy: para algunos era una idiota, otros la consideraban genial. Sid sospechaba que Nancy podía entender aquellos libros y que se burlaba de él cuando los leía. Sid no podía responder bien a los periodistas, Nancy en cambio los manejaba a su antojo. Un periodista le preguntó a Sid si era cierto que su madre había tenido problemas con la bebida. Sid sacó una navaja y trató de apuñalarlo. Nancy intervino y llevó las cosas de tal modo que el periodista terminó escribiendo un favorable artículo sobre la infancia de Sid.

Sid jamás tuvo una oportunidad. Sid apuntaba borracho al ojo de un cuervo en pleno vuelo y atinaba. Deseó amar a una mujer y encontró a Nancy, la mejor chica que había sobre el planeta. No podía ser más afortunado y ya sabes lo que hace la Señora Fortuna con los tipos sensibles. El pobre Sid tenía corazón de tigre pero alma de poeta. Dillinger salió de aquel bar en compañía de la chica del vestido rojo —esa era la señal convenida— y fue acribillado por una horda de federales que necesitaron algún tiempo para creer que habían acabado al verdadero Dillinger. Sid fue acribillado por la fama, su nombre estaba en las portadas y cajas de cereales, en la calle vendían un muñeco a su imagen y semejanza. Miles de vulvas lo buscaban para atorarlo, miles de lenguas querían lamerle el trasero. Entonces llegó Nancy con su refrescante sabor a ira y desarraigo, con el zumbido azul de la mosca reina, la mosca que caga sobre los ojos del cadáver. Nancy era demasiado *blues* para Sid. Dillinger estaba sobre el asfalto lleno de agujeros y con la sonrisa partida, la chica del vestido rojo chillaba abrazada a un federal: Dillinger jamás tuvo una oportunidad.

SECUENCIA MÚLTIPLE-VERANO
No sé cómo pero estoy seguro de haberla amado

El baño es amplio, está iluminado como un escenario. Hay todo tipo de cremas, hay revistas y libros en cuatro idiomas, hay cigarrillos y mentas, hay una botella de brandy, hojas en blanco y lápices despuntados, un espejo cubre la puerta, el botiquín está mejor equipado que una farmacia. Hay una báscula: ochenta y un kilos, ni un gramo más. Si se lo hago a esta mujer y está infectada pronto empezaré a perder peso, si está sana y no se lo hago voy a dañar una auténtica fiesta. Hablar con ella no tiene objeto: si está enferma y lo sabe sus intenciones son obvias. ¿Y si el enfermo soy yo? Ella no parece considerarlo y eso da qué pensar. Lo malo es que si me infecto luego infectaré a cierta chica que me ama y ostenta una fidelidad a toda prueba, en cierta forma su vida depende de una decisión mía y si cometo un error su fidelidad no va a servirle de mucho. No conozco a esta mujer. Tanya, Londres, 1968, profesora de idiomas. Eso no me ayuda y todos saben que ninguna protección está garantizada al ciento por ciento. Ella viene aquí, compra un bonito apartamento, entra a un bar, se encuentra conmigo, hablamos, nos besamos y me trae aquí. Dice que me sienta como en casa. Es bella e irreal. Le digo que quiero tomar una ducha y aquí estoy, en el baño perfecto, un baño que da ganas de todo menos de lo que debe hacerse en un baño. Salgo y voy hasta la alcoba. La cama es enorme. Hay una botella de vino en la mesa de noche. Tanya está envuelta en una toalla, me dice que va a darse una ducha, que no demora.

Camino las solitarias calles con los bolsillos repletos de mentas, en una mano llevo la botella de vino y en la otra una revista *Playboy* con la que pienso hacerme una paja. Tanya ya debe haber descubierto mi escapada. Si le contara a cierta chica lo que acabo de hacer no iba a creerme así que jamás le contaré. Por momentos me dan deseos de volver con Tanya pero cada vez estoy más lejos de ella. Regalo mentas a la gente que me pide dinero. Cruzo la avenida y cojo la orilla del mar. Hay mucha gente rayando la tripa en la oscuridad, mucho turista pobre y putas en promoción. Llego a casa y regalo la botella de vino a mamá, ella me agradece medio dormida. Entro al baño con la revista.

Al día siguiente vuelvo al bar y encuentro a Tanya en compañía de un tipo, la saludo pero se muestra indiferente. Me voy a una mesa. Ciro y Jota llegan, hacemos una *vaca* y compramos media de ron. Les cuento sobre Tanya y no me creen. Tanya se va con el tipo y me dan celos.

—Soy un idiota —digo.

—Un poquito más que eso —dice Jota.

Ciro va hasta la barra y le mete conversación a una rubia. Jota suelta un chorro sobre construcción de barcos y literatura medieval. Ciro vuelve con las manos vacías. Confiesa que mi historia lo ha hecho dudar. No le creemos. Ciro y yo salimos a dar una vuelta. Jota se queda anclado en la mesa, parece borracho. Compramos una botella en el muelle, Ciro la esconde y volvemos al bar. Jota está con Toba, han secado la media y toman cerveza. Desocupamos un envase de cerveza y vamos echando allí el ron de la botella oculta. Toba dice que él se la hubiera metido a Tanya sin pensarlo. Jota dice que tirar es bueno pero hablar de ello le aburre.

—Ahora mismo pueden tener cogida a tu mujer —dice Toba.

—Es posible —dice Jota.

Todos reímos y enseguida nos ponemos serios. Pienso en cierta chica y la imagino durmiendo en compañía de su madre. Ambas tienen senos lindos pero los de su madre me gustan más. Trato de imaginarla con un tipo cualquiera y no puedo, confiar tanto en ella me asusta. Toba dice que todas las mujeres son putas. Jota dice que el mundo no acaba en casa de Toba.

Con el tiempo Tanya y yo nos hacemos amigos: suelo ir a su casa para ducharme. Un día se la presento a cierta chica y traban amistad. Tanya le cuenta la historia y ella viene y me reclama. Le explico y no me cree ni le cree *a* Tanya y deja de hablarle. Me hace prometer que no veré más a Tanya. Tanya y yo nos hacemos amantes.

Tanya organiza una fiesta y me pide que traiga gente. Al comienzo todo es frío. Hay varias amigas inglesas de Tanya. Toba se pone a bailar. La temperatura sube. Quisiera llamar a cierta chica para que venga pero me sacaría los ojos. Las parejas se van definiendo. Toba pide silencio:

—Aquí no hay riesgo —dice Toba—. Todos estamos infectados.

Hay risas y silbidos. El olor a marihuana es intenso. En la pared hay un letrero que dice: LA FIESTA EMPIEZA CUANDO LA ROPA SOBRA. Toba está sin camisa.

EXTERIOR-MEDIODÍA
Los asnos gustan más de la paja que del oro

Estoy jugando como volante mixto. ¿Conoces algo más rata que un tipo que narra o comenta fútbol? Yo tampoco. Vamos perdiendo dos a cero. He botado tres goles y el entrenador está a punto de sacarme. Me emputó como no tienes idea que el presidente, en su discurso televisado, no mencionara los estragos de la eyaculación precoz en el fracaso deportivo. Que no hablara sobre las discusiones íntimas de los conductores de autobús y sus mujeres a 90 km/h, con sobrecupo. Al menos debió referirse a lo complicado que es para mí jugar con cierta chica entre el público. Es sólo un partido de playa pero es toda la gloria que tendré como futbolista, quizá como ser humano. No digo que sea excelente pero suelo hacerlo mejor cuando ella no viene. Todo el universo ignora lo que significaría para mí hacer un gol pero eso no será posible, eso no cabe en la mente de Dios, no mientras ella con el fulgor de sus ojos me ciegue. En la temporada llevo nueve goles pero ella no ha visto ninguno y no es lo mismo contarle. Deseo tanto hacerlo delante de ella pero no llega.

¿Conoces a alguien más rata que yo jugando fútbol de playa frente a cierta chica? Yo tampoco.

Si el presidente hubiera hablado del amor, del sexo y el amor, del amor sexual, algo habría ido mejor, no sé qué pero lo sé. Todo el espacio es para la quejumbre, la muerte y el fraude, la vida no es noticia, a nadie le interesa y para mí hacer un gol hoy es la vida misma. Julio trata de ayudarme, me ha puesto un par de pases magistrales y le he dado con todo pero el jodido arquero no piensa en el amor o quizá sí, a lo mejor su novia está entre el público y un gol-vida mío sea un gol-muerte para él. He aquí el balón, lo piso, driblo un defensa, me adentro en el área rival, se lo paso a Miguel, corro hacia el punto penal. Miguel se abre y lanza el centro, veo el balón viniendo hacia mí, salto en dos tiempos, siento el contacto en la frente y golpeo con el alma, veo el balón dirigirse hacia el ángulo más difícil, lo empiezo a cantar cuando se revienta contra el palo y regresa a la cancha, trato de ir por el rebote pero soy empujado por detrás. El árbitro pita y voy a toda por el balón para cobrar el penalti pero el malparido me encara y dice que fue falta mía. Le reclamo y se ríe. Lo insulto y me saca la roja.

El fútbol es el deporte más estúpido del mundo, sobre todo cuando además de botar goles y hacerte expulsar terminas discutiendo con cierta chica porque de repente su vestido de baño te parece pequeño y vulgar (vestido que tú mismo le sugeriste y que se ha puesto media docena de veces sin que hicieras ningún comentario). Cierta chica se aleja por la playa, la radio informa que Molina acaba de pegarse un tiro en su casa de Malibú. Me siento como él pero sin cadáver no hay noticia.

La muerte de Molina nos reconcilia. Ella ha visto casi todas sus películas. Molina tenía treinta y cuatro años y mañana la prensa dirá que las drogas y el desenfreno fueron sus asesinos. A mí no me parece tan simple, creo que el presidente debió ser más personal en su discurso, creo que tiene su tajada en la muerte de Molina. El sol calienta, la gente habla, ríe, come frutas y toma coca-cola. Las parejas se abrazan con el agua hasta la cintura. Una vez tratamos de hacerlo en el agua y no es nada fácil, en la arena el problema es la arena. Ella y yo lo hemos hecho en los lugares más insospechados: una vez lo hicimos en el lavaplatos mientras su madre y su hermana veían la televisión del otro lado. Ella y yo lo hacemos bastante bien. Eso suelo pensar. Eso me dice ella.

INTERIOR-NOCHE
Los asnos se la saben toda

Toba conoció a Betty en Bogotá. Entonces usaba el cabello largo y sólo escuchaba a Bob Marley, tenía una chaqueta de cazador de alces y unas altas botas de alpinista, estaba tan flaco como siempre pero su aspecto era duro y Betty Black se volvió loca por él. Ella estudiaba antropología y música, llevaba media vida en Bogotá y conocía un montón de gente del medio artístico. Era una negra alta y sensual, un poco afectada y medio candelaria pero sabía ser suave. Toba llevaba dos años en Bogotá, vivía en una pequeña habitación en Chapinero y la montaba de pintor marginal y rastafari. Trabajaba como D.J. en un bar de la Zona Rosa y los domingos vendía acuarelas en el Mercado de las Pulgas. A las pocas semanas de conocerse Betty se mudó a vivir con Toba. Para Toba era su primera convivencia. Ella tenía un repertorio variado.

Entonces, un fin de semana, Toba llegó a Ciudad Inmóvil. Aquí se le conocía como Juancho, un muchacho callado, con algunas ideas de izquierda y cierta inclinación por la plástica. Dos años antes había recibido su título de economista y ante la falta de empleo decidió probar suerte en Bogotá. Su nueva apariencia me gustó aunque supuse que las botas no resultaban cómodas bajo los cuarenta y pico grados a la sombra de Ciudad Inmóvil. Sin embargo noté que las mujeres lo miraban con interés y me sentí raro, Toba nunca había tenido éxito con las chicas, era invisible para ellas, por lo visto su pinta rastafariana estaba dando resultado. Pensé en conseguirme unas botas. Me dijo que allá le decían Toba y me habló de Betty.

La madre de Toba casi muere al verlo, pensó que habían usado a su hijo para un terrible experimento. Hubo cruentas discusiones. Toba aceptó guardar las botas y rasurarse pero en cuanto a cortarse el pelo no cedió un ápice. Otras cosas asustaron a su madre: tenía novia negra, se había vuelto bebedor, fumaba y escuchaba esa horrenda música. Lo que más nos agradó, a Ciro y a mí, del nuevo Toba era que había perdido todo interés político, Bob Marley era su profeta, un profeta marihuanero y gozón. Todo iba bien para Toba hasta que una noche, mientras dormía, su madre le cortó el cabello. Bajo aquella mata de pelo supuso que encontraría a Juancho pero no fue así, Toba sobrevivió a la rapada, sólo que un Toba triste y desplumado. Al día siguiente regresó a Bogotá.

Betty está en el aeropuerto y no reconoce a Toba. Él dice que es él. Ella ve a un judío acabado de salir de un campo de concentración. Toba le cuenta la historia y ella lo manda al infierno. Toba busca ayuda con los amigos pero no quieren verlo ni en pintura. El dueño del bar dice que ya no encaja con el ambiente y lo despide. Toba se siente como un apestado. Busca varios días a Betty y por fin la encuentra, almorzando con un tipo, en un restaurante de la 17 con séptima. Toba arma un escándalo, el portero llama a la policía y Toba va a dar con sus huesos en la cárcel. Allí le roban la chaqueta y las botas. Toba trata de hacerse el bravo y entonces lo apuñalan en la pierna.

Un fantasma cojo llamado Toba recorre Bogotá. El fantasma se distrae toreando carros en la Caracas. Está borracho y medio desnudo. Uno de los amigos se ablanda y lo lleva a su apartamento. Toba habla incoherencias. Este buen tipo le cede un par de croydons viejos, un suéter de lana y una gorra de beisbolista. Lo deja dormir y cuando despierta le da de comer. Toba le pide dinero prestado para regresar a Ciudad Inmóvil. Esa misma noche viaja en un avión de carga. Sus padres lo reciben con indiferencia. Toba se encierra en su habitación. Lo que más cabrea a Toba es que el tipo que anda con Betty es un jodido cagatinta de metro y medio, mal vestido y, para acabar de joder, calvo.

Me dice que el amor es un fraude, que Betty es una puta sin corazón. Le pregunto si amaría a Betty aunque perdiera las tetas. Me dice que el pelo volverá a crecer. Le digo que las tijeras de su madre no pierden el filo. *¿Cómo puede Betty respetar a un tipo cuya vida la resume una madre armada de tijeras? No, Toba, no se trata de cuántos meses demora el cabello para crecer en un clima inhóspito, se trata de si Toba es capaz de defender lo que ama, de cuán lejos es capaz Toba de ir, de si Toba es el hijo de su madre o el marido de Betty.* Su madre le había cortado algo más que el pelo aquella noche y Betty lo supo enseguida. A ella no le importaba si tenía el cabello corto, ella quería saber si él podía ser él, quienquiera que fuera él, y no perderlo cada vez que pasara un fin de semana en otra parte. *El amor no es un fraude, Toba. El amor es un límite y nos mide.* Toba mira la ventana del bar donde el amanecer empieza, ha estado moqueando ocho horas seguidas, sobre sus piernas una puta duerme. Toba agarra el cabello de la puta, la levanta, pega su boca a la de ella, la puta ronca. Toba la deja caer en sus piernas. Me dice que el amor es un fraude.

SECUENCIA MÚLTIPLE-INVIERNO
Nada que pretenda ser real merece respeto

Después se supo que Betty había dejado a Toba porque no le gustaba con cabello corto. Así de sencillo. Entretanto Toba consiguió mantener a su madre a raya y su cabello creció en buena forma. Una vez Ciro, Ray, Alonso y yo nos fuimos con Toba a Bogotá. Bogotá es una ciudad como cualquiera sólo que más grande, fría y sangrienta. Hay muchos bares y mujeres pero las mujeres en su mayoría tienen traseros de miseria, sólo son pelo y ojos. Toba se topó con Betty por casualidad, la insultó, le pegó dos buenos ganchos y se la llevó a un motel. Betty no era bonita, era una negra boca de saco y con un trasero blandengue. Se daba mucha importancia pero tenía los talones llenos de rajas. Toba no estaba seguro de amarla, era violento y jugaba sucio con ella. Nosotros vivíamos en una habitación doble de Chapinero y Toba, en el apartamento de Betty. A Toba le iba otra vez bien con las mujeres, se veía apropiado en Bogotá, encajaba donde fuera. Betty le había comprado una chaqueta de cuero y unas botas de *cowboy*. Ciro y yo pasábamos echados la mayor parte del tiempo. Un día se nos presentó Ray con la mala noticia de un trabajo. Cuando quisimos pensarlo, ya nos tenía en un andamio a cuarenta metros de altura, pintando el aviso de un motel.

La filosofía escruta la existencia pero no nos ayuda a existir. La religión nos enseña a despreciarnos. El arte es una buena coartada pero lejos de casa se vuelve innecesario. No había nada mejor que echarse a mirar el cielo raso. Ray nos sacó del nirvana, nos sacó la leche con aquel interminable aviso y para completar su hazaña nos invitó a un par de cervezas. Cuando le exigimos nuestra paga dijo que todavía no estaba el cheque y así pasaron los días y los años y el jodido cheque nunca apareció. La moraleja es: *Pintar sobre andamios no es buena idea.* A veces es mejor no pensar, no ir más allá. Betty es plana como los traseros que recorren esta ciudad, no tiene una maldita idea de lo que es un matamoscas, no sabe quiénes son Sid y Nancy, no lo sabe. Pero inspiró aquella conversación que tuvimos Toba y yo en un bar de Ciudad Inmóvil. Yo necesito un tipo que me hable como yo les hablo a mis amigos, que me haga reaccionar. Cierta chica sigue doliéndome, no encuentro lo que busco y lo que busco ya no puede ser ella, ella me mandó a ver si la puerca puso y cuando le dije que sí, me mandó a peinar tortugas. Estuve intentando un tiempo pero ya sabes que cuando el amor se apaga es más frío que la muerte. Lo malo es que los dos extremos no se apagan al tiempo y cuando eres el extremo que sigue activo más te valdría estar muerto.

Toba ha peleado con Betty y está deprimido. Betty está en el hospital recuperándose. Toba ha venido a ocultarse aquí. Un hermano de Betty busca a Toba y no es para desearle felices pascuas. Toba dice que la ama y parece cierto: Toba no come, no orina, no quiere hablar con nadie. Ciro y yo administramos el dinero de Toba. Una madrugada suena el timbre, Alonso abre la puerta y un gigante negro lo encuella y le pregunta por Toba. Alonso le dice que se ha largado, que está con su familia en Ciudad Inmóvil. El tipo suelta a Alonso y golpea con el puño cerrado el marco de la puerta. El estallido nos deja sordos, la casa tiembla. Cuando el tipo se va Toba sale del clóset y bravea un poco, dice que la próxima vez va a enfrentarlo. Ciro se asoma y dice que el gigante está de vuelta. Toba vuelve como un rayo al clóset. Ciro ríe con ganas.

INTERIOR-NOCHE
¿Qué culpa tiene el hacha de tus alaridos?

A cierta chica le gustaba el campo, le gustaban las vaquitas, le gustaba la hierba mojada. A mí eso me enferma. Ella iba al campo con su familia, casi nunca los acompañaba. Su familia no me quería bien pero entonces lo ignoraba, lo supe después, cuando todo se jodió y ya daba igual una cosa u otra. Yo los quería mucho, sobre todo a su madre, era linda, con un hermoso cabello blanco y senos redonditos que deseaba chupar. Su hermana era linda a veces y estúpida siempre. Era una familia tipo: una madre abandonada, dos hermanos soñando con hacer dinero, una hermana que quería un trasero más grande y se pasaba horas en el gimnasio, un padre bebedor, arrogante y mujeriego que sólo aparecía de vez en cuando. A pesar de eso ellos lo amaban y él sabía sacarle partido a ese amor. Era gente que trataba de salir adelante y aunque yo no quería salir hacia ningún lado sino quedarme en sus ojos, en los serenos ojos de cierta chica, los quería, después de todo eran parte de ella.

Tenía dos perritas: *Zeppelin* y *Floyd*. En el fondo del patio la ayudaba a bañarlas y sacarles bichos. Soy excelente para dos cosas: sacar bichos y perder lo que amo. Su madre nos veía y parecía pensar que si hacíamos eso juntos nada iba a separarnos. Sin embargo fue eso lo que nos separó: un bicho, uno oscuro, tamaño familiar, fofo, llorón, chupamoco. Las perritas eran lindas: *Floyd*, más bien nerviosa y escurridiza, *Zeppelin* melosa y brava, una noche la vi cazar una rata enorme.

Una vez fuimos al mar, no a la zona turística sino a un pueblo de pescadores. Ella nada bien. Yo, como en todas las cosas, me las arreglo. No es que sepa hacer algo pero tengo mi propia forma de *no saber hacerlo*, un estilo inconfundible que convierte en arte la torpeza: eso es suficiente a menos que te topes con un experto. Por fortuna para mí el mundo está repleto de gente insatisfecha y nimia, gente que sólo puede señalar lo que está mal en algo que se ve mal, así que es poco probable que vaya a toparme con un experto. Por si no lo sabes, un experto es esa clase de gente que puede descubrir lo que está mal en algo que se ve muy bien y que goza descubriéndolo. Esa vez me divertí como nunca: tumbados en la arena. Retozando en el agua. Jugando con una pelota. Tratando de hacerlo tras unos matorrales. Sentado en una roca mirándola jugar con las olas. No sé cómo ignoré entonces que ella era la mejor cosa que nunca tendría.

Su piel es blanca pero el sol la oscurece un poco y se ve preciosa. Cuando se está así todo es apropiado, el mundo gira sobre tu mano y aunque no es nada, brilla. Ella tiembla cuando la rozas, te entrega todo, aun lo que guardaba para el mal tiempo. Una dulce y sensible criatura de Dios.

Eres su héroe y no tienes que esforzarte para ser bueno y confiado. Los pescadores miran a tu chica y aunque te molesta un poco puedes entenderlos: ella es un regalo para los ojos y tú eres el dueño, puedes besarla y hacerle el amor cuando se te antoje, eres el primer y único hombre de su vida, el jardinero que cortó esa flor, la cortaste con ternura, no hubo dolor, fue lento y placentero como chupar una pastilla de menta. Los pescadores la miran como si fuera una estrella, ellos no pueden cortar flores tan suaves, ellos comen hierba como los burros. Si tuvieran flores así las destrozarían porque la ansiedad los quema, en cambio tú no tienes prisa. ¿Para qué? Ella es tuya para siempre.

Y un día todo acaba, ella dice *jamás* y es en serio. Te enloqueces tratando de abrir la puerta que abriste mil veces. Eres para ella menos que un mojón en la carretera. Un domingo la encuentras en ese pueblo de pescadores con un bicho que la apercolla. El bicho es gordo, exento de gracia y humor, es apenas una babosa flotante. Ella lo mira y no hay amor en sus ojos, al bicho eso no le importa, está acostumbrado a comer sobras. Es quien la tiene ahora y de nada te sirve ser mejor. Si no la tienes a ella quién va a creer que eres mejor, y como dijiste: los expertos no abundan. Y allí vas, entre los pescadores, observando a la bella chica y el feo bicho. Los pescadores parecen encantados, el bicho tiene mucho en común con ellos, los hace pensar que ellos pueden cortar flores así, que no están condenados a la hierba como les hiciste creer. La hostilidad te ronda y optas por salir con el rabo entre las piernas, tú que podrías partir a ese bicho en tres pedazos iguales y enviárselo a su madre en papel celofán. Pero nada va a traerla contigo y ya jodiste bastante.

Pensabas que con el tiempo iba a cansarse, que él no podía llenar los espacios abiertos por ti, que no tenía talento para darle risa y dolor. Durante un tiempo anduviste seduciendo tipas para enseñarle lo que valías pero no hubo respuesta. *A ella le gustan el cine, el teatro, la lectura, ella sueña con ser actriz y ese subnormal no tiene idea de eso.* Pasan los días y el bicho no se desprende. Una tarde encuentras a su mejor amiga en un anticuario y te cuenta que cierta chica y su bicho son felices y van a casarse, que el *subnormal* ha aprendido mucho de cine y ya está escribiendo sus primeros poemas, que juntos han logrado sacarles todos los bichos a las perritas, que él lo hace con destreza, sin arrancarles el pelo, y tanto *Floyd* como *Zeppelin* lo adoran. *¿Piensas que esa vejiga de cerdo es mejor que yo?* Ella dice que soy cien mil veces mejor en cualquier sentido pero que él es suave y fiel. *Tal vez sea feo pero la quiere y la cuida.* Salimos del anticuario y nos detenemos en una esquina. Y *yo qué soy, ¿un ogro?* Ella se ríe. *Eres fuerte y engreído, por eso me gustas.* Así que voy a un bar y luego a un motel con su mejor amiga.

2
PRODUCCIONES FRACASO LTDA.

CIUDAD INMÓVIL. ABRIL-92
Para ver mis cicatrices y escuchar mi corazón hay que pagar la entrada, nada de esto es un acto

Marvin, el primo de Toba, había llegado de USA con media docena de levi's y una cámara de video VHS formato C de segunda. Toba me lo presentó en el parque. Marvin estaba buscando clientes para sus levi's. Le dije que a Ciro y a mí quizá nos interesaría un par pero debían ser de color negro.

—No traje negros —dijo Marvin.

—Se pueden teñir —dijo Toba.

—Pero eso es estúpido —dijo Marvin—. ¿A quién se le ocurre comprar levi's azules para teñirlos de negro?

—A ellos —dijo Toba—. Rep a veces usa otro color pero Ciro siempre va de negro. El cuarto de Rep parece una cueva: pintó las paredes, el piso y el cielo raso de negro. ¿Te imaginas? Con este calor...

—Me dijeron que tienes una cámara.

—Sí, pero es vieja —dijo Toba.

—No es tanto lo vieja... —dijo Marvin—. Algo le pasó al micrófono y da un ruido tenaz.

—¿Qué vas a hacer con ella?

—Pensaba usarla para hacer matrimonios y cosas así pero toca arreglar el micrófono.
—Hagamos una película —dije.
—¿Con ese trasto?
—Puede ser una película *underground* —dije.
—Rep hizo un curso de cine —dijo Toba.
—Tú puedes ser el protagonista.
—Estás loco —dijo Marvin—. No tengo idea de eso, ni siquiera me gusta.
—A mí me parece que serías un buen actor.
Marvin arrugó la cara y miró a Toba. Toba se encogió de hombros.
—Mañana te muestro la cámara y hablamos —dijo Marvin.

Esa noche fui a visitar a Olga, sabía que Marvin y ella habían sido compañeros de colegio y aún eran buenos amigos. El marido de Olga me abrió la puerta con expresión de fastidio. Ayudé a Olga a sacar las sillas y nos sentamos en la terraza. Me dijo que Marvin la había llamado pero que todavía no lo había visto. Le expliqué lo de la cámara y la película y prometió ayudarme.
—Tengo un personaje que te cuadra perfecto —dije.
—A mí no me metas en esa joda —dijo ella.
—¿Y lo del vestuario?
—Eso es distinto —dijo ella—. ¿Cómo es la película?
—He pensado en un *western* pero el problema es conseguir los caballos.
—Hazlo con burros —dijo socarrona.
Me quedé pensativo un instante.
—Podría ser que la acción pasara toda en sitios cerrados... Un par de pistoleros se encuentran en un bar de

Montana y traban amistad: hablan, beben whisky, juegan al póquer y son desafiados por otros pistoleros a los que eliminan (todo esto ocurre dentro del bar). Hay un corte y enseguida se les ve rasurándose (dentro de una habitación de un hotel de Montana), allí deciden buscar oro juntos (podría haber una escena donde entran a la mina caminando. No se necesitan caballos en el interior de una mina). Todo va sobre ruedas entre los pistoleros hasta que una rubia (que encuentran en otro bar de Montana) causa la discordia (se acuesta con uno y luego con el otro, en la misma habitación de un hotel de Montana). Al final terminan liándose a tiros (en una calle solitaria. Se da por entendido que los caballos están al extremo de la calle, que no aparece en el plano). Podemos grabar relinchos y usarlos como fondo.

—¿Por qué en Montana?
—Es el pueblo de Red Ryder.
—¿Quién es ese?
—El mejor vaquero del mundo... ¿No lees cómics? —ella niega con la cabeza—. Olvídalo. Oye, ¿qué tela es buena para hacer un gabán?
—Si es de pistolero podría ser un dril... A propósito, ¿cómo se llamará la película?
—*El Perra y el Buche*.

Le hace gracia. Repite una y otra vez el nombre y luego llama al marido y se lo dice. Él no le encuentra la gracia.

—Tú, seguro eres el Perra —dice el marido—. ¿Quién es el Buche?
—Ciro —dice Olga todavía riendo.

A Ciro le encantó la idea del *western* pero me dijo que realizarlo le parecía difícil. Después de una breve discusión desistí del *western* y le propuse que hiciéramos la película sobre una estrella de rock del estilo Sid Vicious pero ambientada en Ciudad Inmóvil.

—Eso ya lo han hecho —dijo Ciro.

Le expliqué que mi idea era contar la historia de un chico anónimo que soñaba con ser estrella de rock. El chico ni siquiera tenía una banda, no cantaba ni tocaba instrumento alguno. Sólo andaba por su anónima ciudad vestido de negro y era una leyenda para sus amigos de barrio.

—Eso me suena familiar —dijo.

—Podríamos prestarle el Ratapeona a Franco como locación.

—¿Y cuál es el *swing* de la película?

—El chico se inscribe y gana un concurso cuyo premio es un viaje a New York con todos los gastos pagos para conocer a Kurt Cobain y ser invitado especial en un concierto de Nirvana.

—¿Crees que Kurt se metería en algo así?

—Ese no es el punto Ciro.

—Claro que es el punto —dice con fastidio—. Un mariquita del estilo Alejandro Sanz o Enrique Iglesias no tiene inconveniente en pelar el trasero para que chillen las niñas pero Kurt las tiene bien puestas, él le cortaría el cuello al ganador del concurso.

—Entonces ¿qué sugieres?

—Una escena donde el chico anónimo salga a navegar con una sierra eléctrica por un océano de brazos. Otra donde el chico anónimo le saque todos los dientes a su madre y se haga un collar. Creo que sólo convertido en asesino puede un chico de esta ciudad ser famoso.

CIUDAD INMÓVIL. ABRIL-92
Música de Pearl Jam

La fiesta era en el apartamento de Carmen. Cuando llegué había un alboroto porque Toba se había sacado la verga a petición de Carmen y ésta trataba de calcularle el tamaño con una regla. La verga de Toba colgaba como un oscuro chorizo mientras él, llevado de la traba, se mecía frente a Carmen como una palmera en la tormenta. Caí en cuenta que las vergas son la cosa más fea que hay. Toni estaba sacando fotos para el recuerdo. En ese momento llegó Sergio, el novio de Carmen, y antes que alguien pudiera evitarlo apartó a Carmen y las otras chicas que rodeaban a Toba y le pegó una patada en las huevas. Toba se encogió de dolor y rodó por el piso. Fran agarró a Sergio para evitar que volviera a golpear a Toba. Toba tardó varios minutos en reponerse y cuando lo hizo fue a sentarse en un rincón y allí pasó el resto de la fiesta. Sergio, una vez pasada la rabia, fue a disculparse con Toba y trató de sacarlo del rincón pero Toba siguió allí con la vista perdida y la expresión más estúpida que recuerde. En la primera oportunidad que tuve le pregunté a Sergio qué lo había emputado tanto.

—Creí que se la estaba chupando —dijo Sergio.

Carmen vino por Sergio y se lo llevó a bailar. Pensé en cierta chica, en su manera de ser. A ella no le gustaban las fiestas, prefería ir a un sitio tranquilo donde se pudiera conversar. Miré alrededor y vi a toda aquella gente con la que había compartido la mayor parte de mi existencia y de repente me sentí en la dimensión desconocida. Alguien vino por detrás y me tapó los ojos, eran unas manos pequeñas que olían a jabón johnson's revuelto con ajo. No pude adivinar.

—¿Aburrido?

Era Ana. Ella y yo habíamos tenido sexo la noche anterior y lo último que quería era verla.

—Un poco —dije.

—¿Quieres bailar?

—Quizá más tarde —dije.

Ella me dio un beso en la boca y fue a saludar a Carmen y el resto.

Encontré a Ciro en el parque. Estaba tumbado en la banca de siempre. Se levantó al verme. Me preguntó por la fiesta y le dije que era un asco. Le dije que tenía una nueva idea para la película.

—Se llamará *Versión de sujetos al atardecer*.

—Buen título —dijo él—. ¿Y cuál es el rollo?

—Un escritor frustrado se encuentra en un bar con un desconocido y se ponen a hablar paja. El desconocido, según su propia versión, está en la ciudad por negocios y es la primera vez que viene. El escritor le cuenta su historia y el desconocido le dice que trabaja en una importante editorial y puede ayudarlo. El escritor lo invita a una botella de whisky y siguen hablando hasta que cierran el bar. Al despedirse el escritor quiere acompañar al desconocido hasta su hotel pero éste se niega y cuadran una cita para el día siguiente. Al día siguiente el escritor, y un pianista amigo suyo, se encuentran con el desconocido y lo invitan a comer. El desconocido dice que tiene relaciones con gente de la tele que puede ayudar al pianista. Así día tras día el escritor le presenta sus amigos (todos con talento pero sin fortuna) al desconocido y éste siempre tiene algún contacto que los hará famosos. La cosa se extiende por varios días y el escritor y sus amigos están mamados de invitar a comer y a rumbear al desconocido, sin resultado. Nadie sabe en qué hotel se hospeda ni cuándo se irá. Él les da largas diciendo que ya ha hecho algunas vueltas por teléfono y en cualquier momento llegarán unos amigos suyos a Ciudad Inmóvil para hablar con ellos. Todo llega a su final cuando una noche, después de pagarle la rumba, el escritor sigue al desconocido y se pilla que vive en un hotelucho de la calle Medialuna. Después el escritor y sus amigos averiguan que el desconocido es en realidad un sastre del sur del país que está en Ciudad Inmóvil huyendo de un crimen.

—¿Es un asesino?

—Te dije que era un sastre. Lo que pasó fue que mató a la esposa porque ésta lo engañaba con su mejor amigo.

—¿Y cómo termina la película?

—Cuando el desconocido se confiesa con el escritor piensa que éste va a entregarlo a la policía pero para su sorpresa el escritor lo felicita por haber matado a la traidora y lo lleva a vivir a su casa. Al final el desconocido (que a esa altura ya no lo es) seduce a la madre del escritor (que es viuda) y el escritor lo mata.

—¿Por acostarse con su madre?

—Noooo... Te dije que el desconocido era sastre y por esto el escritor le encarga arreglar sus pantalones favoritos pero cuando se los prueba...

—¡Le quedan cortos!

—Exacto. ¿Cómo adivinaste?

—Yo también mataría por eso.

A Olga le gustó la historia y aceptó colaborar con el vestuario (ella trabajaba en Benetton y podía sacar la ropa a escondidas), lo único que criticaba era que hiciéramos apología del crimen del sastre.

—Pero ella lo traicionó —dice Marvin.

—¿No sería suficiente con una paliza? —dice Olga.

—Si la deja viva ella corre a buscar al otro —dice Ciro—. ¿Te pillas?... Cualquiera se repone de una paliza.

—A mí me parece exagerado que el escritor lo felicite por el crimen —dice Marvin tratando de apoyar un poco a Olga.

—Cuando alguien te traiciona no mide los daños —dice el marido de Olga que hasta entonces parecía absorto en la tele—. Lo que más duele es haber fallado, haber puesto la confianza en la persona equivocada.

—¿Y qué resuelves con matarla? —pregunta Olga con vivo interés.

El marido no responde y Olga clava la mirada en mí.

—Cuando una mujer traiciona a un hombre lo pone en evidencia ante los otros hombres. Eso es lo peor y creo que uno tiene todo el derecho de tomar su vida.

—Estoy de acuerdo con Rep —dice Ciro—. Matarla es borrar el error, es lo único que te devuelve el respeto. Mejor ser un asesino que un idiota.

—¿Y si el hombre traiciona a la mujer?

—Es distinto, Olga —dice el marido.

—¿Por qué es distinto?

Todos miramos al marido esperando su respuesta pero él sólo sonríe con la vista fija en Olga y luego le da un beso y se mete en la cocina.

CIUDAD INMÓVIL. JUNIO-92
Hay tres reglas: 1. Siempre hay una víctima. 2. Trata de no ser tú. 3. No olvides la segunda regla

Encontré a Julia en el supermercado. Había perdido como cincuenta kilos y empezaba a verse mejor. Siempre imaginé que había algo interesante bajo esa pila de grasa y no había fallado. Las tetas se le habían reducido bastante pero el trasero, que era lo mejor que tenía Julia, seguía intacto. Julia era prima de cierta chica y, a pesar mío, el tema fue inevitable. Me contó que cierta chica y Ramón (el maldito bicho) se habían casado dos meses atrás y habían viajado a USA para trabajar con Daniel (un tío de cierta chica que tenía un negocio de música latina en alguna parte de L.A.). Daniel y yo habíamos sido grandes amigos antes de irse a USA. Primero había trabajado en Miami y después, con el dinero ahorrado, se había ido a L.A. y había montado el negocio. Al poco tiempo de estar en los L.A. se casó con una gringa y vinieron a pasar la luna de miel en Ciudad Inmóvil. Diane, la gringa, era propietaria de un anticuario. Ella y cierta chica (que dominaba el inglés y tantas otras cosas) hicieron buenas migas. Antes de regresar a USA, Daniel nos propuso ir a trabajar con él. Quería apoyar a Diane en lo del anticuario y necesitaba gente de confianza en su negocio. Dijo que podía ayudarnos con la visa y los tiquetes aéreos. Cierta chica le prometió que lo pensaría pero después que se fueron me dijo que no podía abandonar a su madre. De nada sirvió recordarle que era su madre quien le había insinuado el asunto a Daniel. Julia, mientras echaba cosas en el carrito, hablaba y hablaba de lo buena que era cierta chica. Sentí que me ardía el estómago pero mantuve la sonrisa y el aire indiferente. Ella describió con saña los pormenores del matrimonio y las bonitas fotografías que habían hecho de Ramón y cierta chica. Le comenté que una boda entre un enano y una princesa carecía de estilo y era más bien grotesca. Ella dijo que se veían tiernos y agregó, sacando pecho, que las parejas donde el hombre era más bajo estaban de moda y hasta se permitió compararlos con Tom Cruise y Nicole Kidman. Para cambiar el tema me referí en tono socarrón a su nueva apariencia. Le dije que toda la grasa se le había ido al trasero. Se puso roja y, a pesar del esfuerzo, no pudo evitar las lágrimas. Entonces me quitó furiosa el carrito y lo empujó lejos de mí. Fue la última vez que hablé con Julia.

Los enamorados tienden a tres cosas: 1. Decir que el sexo no es lo más importante entre ellos. 2. Hacerse promesas increíbles. 3. Elaborar todo tipo de planes hacia un brillante futuro. Cuando se hacen planes con alguien amado uno puede imaginarse cualquier cosa menos que esos mismos planes puedan realizarse con otra persona. Uno considera que cada promesa hecha es única e inmortal, que la palabra empeñada vale más que el amor. Apenas decae el sexo (que tenía tan poca importancia), el resto se esfuma. Aquí aparece (como por encanto) un insignificante hombrecillo que sin alardes nos demuestra lo poco avispados que somos y lo vivo que es él. El miserable bicho (¿avispa?) no sólo me quitó a cierta chica sino que además se empacó mi *sueño americano*. Bien por él, él nunca dijo que no lo haría. En cambio cierta chica juró que nunca se convertiría en una mujercita casera, que no tendría hijos, que iba a ser una actriz y podríamos ser eternos compañeros de *vuelo* (claro que mis *vuelos* con ella no pasaron del autobús que nos llevaba de su casa al centro de Ciudad Inmóvil y otra vez a su casa). La palabra *vuelo*, según cierta chica, representaba su libertad abstracta. Y yo, a diferencia del condenado bicho-avispa, me tragué la patraña. Los avispados de este mundo saben que la única libertad abstracta es un tiquete gratis con destino a L.A.

Alonso y Fran empujaron una vez más la camioneta y ésta rodó calle abajo con mi madre al volante. Seguí el movimiento con la cámara hasta que la camioneta se detuvo. Mi madre bajó acalorada y dijo que tenía que irse a preparar el almuerzo. Traté de convencerla de hacer una última toma pero fue imposible. La acompañé a coger un taxi y regresé al parque. El equipo de trabajo estaba echado en una banca, Alonso y Fran eran los más fundidos. Les dije que faltaba la escena donde el pianista tenía sexo con la prostituta y la del escritor matando al sastre. Ciro dijo que ni Carmen ni Olga habían aceptado hacer de prostituta.

—¿Y Lina?

—Toni es el encargado de hablar con ella.

—¿Qué tal mi mamá?
—¿Vas a ponerla de prostituta?
—No idiota, quiero saber qué les pareció.
—Actúa mejor que todos.
—Para mí el mejor es Marvin —dije.
—Tengo que regresar la camioneta —dijo Fran.

La camioneta era del abuelo de Fran y éste la había sacado sin consultarle. La habíamos usado para grabar la escena donde la madre del escritor (interpretada por mi mamá) huía luego de discutir con el hijo por culpa del sastre. Como mi madre no sabía conducir tuvimos que empujar la camioneta y hacerla rodar calle abajo. El plan A había sido ocultar a Fran en la camioneta para que la encendiera y llevara los pedales y cambios (mi madre sólo debía llevar el volante) pero en el primer intento mi madre giró demasiado el volante y la camioneta en vez de bajar por la calle se metió en el parque y casi atropella al equipo de grabación. Se optó entonces por el plan B.

La ventaja de enviar a Toni a hablar con Lina era que ella se moría por él. La desventaja era que Toni detestaba a Lina. Cuando llegaron al apartamento de Gustavo (el pianista) y Lina dijo que aceptaba hacer de prostituta me puse a saltar como loco. Olga se encargó de vestirla y maquillarla mientras Ciro le enseñaba las tres líneas que debía repetir. Lina resultó una actriz estupenda, al menos para ese papel. Cuando terminamos de grabar busqué a Toni para agradecerle pero se había ido. Esa noche reuní al equipo y les hice jurar que jamás le preguntarían a Toni qué había hecho para convencer a Lina.

Editar la película fue más complicado que rodarla. Lo hice con dos VHS y un televisor. Cada treinta segundos de montaje me tomaba ocho horas. Lo más difícil era atinar a pegar un plano con otro. El sonido era terrible porque la avería del micrófono producía un pito y aunque trataba de esconderlo bajo una cortina musical el pito seguía incólume. Estuve un mes en eso y poco a poco logré darle cierto sentido a la trama. Cuando se la presenté al equipo estaba nervioso pero ellos parecieron captar la historia y se decidió que era presentable. Decidimos alquilar un proyector y hacer la *première* en el Ratapeona. El idiota que hacía la sección cultural del periódico (el único que había en Ciudad Inmóvil) escribió una nota sobre la película (que no había visto) y anunció la proyección. Asistió un montón de gente y hubo muchos comentarios (la mayoría venenosos) pero lo que pude captar fue que ninguno había entendido la película. No se trataba de que entendieran el sentido ulterior, eso me habría importado menos, sino la simple historia. Y tenían razón de no entenderla porque, como dijo Ciro después, la simple historia era más complicada que el sexo de las lombrices.

CIUDAD INMÓVIL. JULIO-92
Música de Alice in Chains

—¿Es *flannel*?
—Puro como el corazón de una rata.
—Está del putas —dijo Toni.
Ciro había esperado seis meses aquel pedazo de tela. Era una tela ordinaria que seis meses antes vendían en Woolworth's y K-Mart (los almacenes más cutre que había en USA) y que ahora, gracias a Kurt Cobain y toda la onda del *grunge*, era poco menos que un tesoro. *Bleach*, el primer C.D. de Nirvana, no había hecho mucha bulla pero con *Nevermind* estaban sonando hasta en la sopa. *Smells like teen spirit*, una canción brusca y delirante, había borrado a Michael Jackson del listado: ya no era blanco, era invisible. En Ciudad Inmóvil la gente prefiere comer cangrejos y tirarse en la hamaca a lanzar eructos. Otros salen a buscar turistas (que tirados bajo el ardiente sol caribeño parecen camarones gigantes) para venderles chucherías afrodisiacas (lo único que estimula esa basura son las amibas). Como puedes imaginar, aquí los interesados en el rock y sus tendencias se cuentan con los dedos de una mano. Su dios, en el mejor de los casos, es Joe Arroyo, un

mulato gordo, repleto de amibas y *swing* antillano. La mayoría adora a un tal Diomedes Díaz (una especie de chicharrón peludo envuelto en papel regalo). En Ciudad Inmóvil si no usas guayabera y pantalón con pinzas eres *raro*. A ellos no les gusta cambiar, se sienten cómodos meciendo sus hamacas frente a un mar que en esa parte se pudre. Mientras no les espantes el sueño puedes quedarte con todo.

—¿Qué vas a hacer con el *flannel*?
—Una camisa —dice Ciro—. La pienso usar con la falda escocesa.
—Tu mamá se va a morir —dice Toni.
—Ahí viene el Gnomo —dice Ciro.

El Gnomo es Alonso, le decimos así porque cuando se traba puede hablar con los gnomos. Una vez la traba le dio por competir con Bach. Quería hacer una fuga a ocho voces (porque Bach había incluido una fuga a seis voces en su famosa *Ofrenda musical* y aquello se consideraba una proeza). Así que salió a medianoche, grabadora en mano, y se tumbó al lado de un charco para grabar a los sapos. Nunca escuché la grabación pero supe que la había enviado a la CBS y todavía espera respuesta.

—Sólo faltan Marvin y Toba —dije.
—Empecemos sin ellos —dijo Alonso.

La conversación de los tres caminantes se llamaba la novela de Peter Weiss que Alonso había adaptado al teatro. Ciro, Fran y yo hacíamos los personajes centrales. Marvin era un guardia forestal y Toba, su mujer. La obra me parecía buena pero se suponía que era para presentarla en un jardín infantil (la novia de Alonso le había conseguido el contrato) y no creía que niños de tres o cuatro años (a menos que fueran prospectos para la NASA) pudieran entender a Weiss. La novia de Alonso le había sugerido montar alguna fábula de Pombo pero el genio de Alonso (una vez estando en una fiesta me había llamado aparte y hablándome al oído había dicho: *Soy el hombre más importante del planeta. ¿Me guardas el secreto?* Y no me dejó en paz hasta que juré mil veces guardarle el secreto) no se podía conformar con algo tan simple. Ensayamos durante un mes, lo que para Alonso fue una eternidad (había montado una versión del *Rey Lear* en dos semanas. Claro que en esa obra él hacía todos los personajes) y contra todos los pronósticos divertimos a los niños (mientras nosotros recitábamos los complicados parlamentos de Weiss, los niños nos arrojaban todo tipo de cosas. Uno le atinó con un pedazo de hielo a Toba y le rompió la ceja). Al final Alonso repartió el dinero y cada uno debió ceder una parte para los siete puntos de sutura que necesitó la ceja de Toba.

Después de intentar con el cine, el teatro y un resto de cosas más decidí montar una empresa y la llamé Producciones Fracaso Ltda. Ciro fue el único que aceptó ser parte del proyecto, el resto prefería trabajar *free lance*. *Donde se necesite un fracaso allí estaremos* rezaba el flamante lema de la empresa y ese era su único activo. Durante algún tiempo la cosa estuvo quieta y sólo nos juntábamos para beber. Cuando lo creí propicio empecé a tantear el terreno con la idea de una nueva película. No hubo mucho entusiasmo. Les dije que mi madre (a quien le había picado el gusanillo de la actuación) podía conseguirnos una cámara más profesional con un amigo suyo, que esta vez sería una verdadera película. Toba mordió el anzuelo.

—¿Y qué historia tienes en mente?
—Será algo sencillo.
—¿No tienes el guión?
—Todavía no pero lo puedo ir escribiendo mientras...
—Ni mierda, Rep. Hasta que no tengas el guión no movemos un dedo.

Una de las cosas a las que achacaban el fracaso de la anterior película era que se había hecho sobre el plano. Aparte de una breve sinopsis y unas cuantas escenas, había escrito los diálogos de *Versión de sujetos al atardecer* justo antes de empezar a grabar. Quizá tenían razón.

Lo primero que tuve de la nueva película fue el título: *La muerte de Sócrates*. ¿Por qué Sócrates? Porque a pesar de ser feo y pobre era íntegro. Había conseguido ser un duro con el poder de su mente. Sócrates era como el *Pibe* Valderrama, su carácter no tenía fisuras. Como Sócrates era —a mi modo de ver— el inventor de la entrevista, se me ocurrió hacer el guión en forma de entrevista. Otro aporte de Sócrates había sido el género policiaco y también se lo metí al guión. La historia era simple y más o menos fácil de llevar al videocine. Se trataba de un sujeto llamado Rep que gracias a su talento había salido de Ciudad Inmóvil y vivía en New York (mucho más *cream* que L.A.) donde se le consideraba uno de los hitos del arte contemporáneo. *Big* Rep, como se hacía llamar el personaje, vivía en una mansión de máxima seguridad y sólo confiaba en Ferdinand, un sirviente filipino que lo acompañaba a todas partes. *Big* Rep dominaba todas las artes y algunos deportes, su fortuna era incalculable y, a diferencia de todas las celebridades, nadie lo había fotografiado desnudo. Se decía que la revista *Playguys* estaba dispuesta a pagar un millón de dólares por esa foto. Dividí el guión en dos partes: la primera era una entrevista que *Big* Rep concedía a una revista de escasa circulación llamada *Perro Muerto*. La entrevista es hecha por una pareja de chicos. A *Big* Rep le cae bien la chica (rubia y muy hermosa) y la seduce. La segunda parte es el desenlace de esta seducción.

La historia convenció a todos (Alonso dijo que hacer de *Big* Rep sería mi único contacto con la fama). Ciro fue elegido para hacer de periodista y Elena (una cachaca que Toba había pescado en Playa Blanca) haría de fotógrafa. A mi madre (que consiguió la cámara) la puse como ama de llaves de *Big* Rep y Alonso sería el jefe de seguridad. El último viernes de ese julio empezamos a rodar con una Sony 3000 (que debíamos regresar en tres días) *La muerte de Sócrates*.

3
LA MUERTE DE SÓCRATES

—Dicen que son de la revista *Perro Muerto*, señor.
—Diles que se acomoden y esperen.

El sirviente, un diminuto filipino, sale haciendo reverencias y aguantando las ganas de reír. Dejo que Nabiha termine de hacerme la paja y luego de ducharme salgo desnudo, a saludarlos. Los ojos de la chica pasan como una ráfaga por mi sexo y se quedan en una pintura de Goya. El chico mueve las manos como si fuese a decir algo pero no encuentra las palabras adecuadas.

—Lo siento, creí que eran otras personas.

Mientras me visto los escucho discutir. El chico regaña a la chica por no haber sido capaz de hacerme una fotografía.

—Era la oportunidad de tu vida —dice—. Jamás lo han retratado así, ni siquiera cuando era un don nadie aceptó hacer desnudos.

—Me tomó de sorpresa —dice la chica—. ¿Cómo iba a imaginar que saldría...?

—Pero... Oh diablos, tienes razón, fue insólito.

Fijo la vista en la pantalla. Una sirvienta les lleva las bebidas. La chica es hermosa, muy hermosa.

Estamos en la salita de entrevistas. El chico bebe Jack Daniels, la chica jugo de zanahoria. *Freda* (uno de mis once gatos) salta y se acomoda sobre las piernas del chico, él la acaricia y ella ronronea. Son un par de novatos, el tipo de personas que mi agente odia que atienda. Su revista debe tener menos circulación que una rana aplastada en una ardiente avenida. La chica no deja de azotarme con su vieja Yashica. El chico revisa papeles, todavía no encuentra el camino. Verlos me hace recordar viejos tiempos. Después de varios sorbos de Jack Daniels, el chico se siente listo y empieza.

P.M.: ¿A qué atribuye su fama?
Yo: Hay dos razones posibles. Una es que jamás me limpio el trasero y la otra es que llevo dos años y seis meses con los mismos calzoncillos (la chica ríe, el chico está pálido como vómito de bebé).
P.M.: Leí que va a trabajar con Sean Penn y Betsy Brantley en la nueva película de Jim Jarmusch.
Yo: Es una especie de *western* contemporáneo sobre un pistolero llamado Bill Malone (que hace Sean) cuyo sueño es encontrar a Emily Dickinson y meterle el pepino mientras ella recita aquello de: *Es cosa fácil llorar, cosa breve el suspirar. Y sin embargo, por obligaciones de ese tamaño, nosotros, hombres y mujeres, morimos.* Jarmusch es un tipo raro, nunca da explicaciones. Sus guiones están llenos de silencio... En esta película nunca se sabe por qué un estúpido pistolero quiere tirarse a Emily Dickinson. Sean trató de sacarle algo, le dijo que necesitaba información sobre el tal Bill Malone, y Jarmusch le respondió que no sabía quién demonios era ese... Y la verdad no creo que lo supiera. A él le importan más los vacíos entre escenas y la música, que sus malditas criaturas. Está pagado de ser irresponsable y eso lo hace genial.
P.M.: ¿Cuál es su personaje?

Yo: Soy una especie de chulo que viaja de pueblo en pueblo embaucando mujeres. Malone me odia y me persigue porque, sin saberlo, me atoré a su madre, su mujer e hija. La gracia del asunto es que los personajes se encuentran y se hacen amigos del alma sin saber quiénes son. Al final Malone descubre que ese tipo que ama es su más odiado enemigo.

P.M.: ¿Se considera buen amante?

Yo: Hijo, no dejes que esas cosas te quiten el sueño. Has ido al zoológico, ¿no? También lo hice y aprendí mucho. Vi a un macaco atorando a su hembra y a ésta suspirar de gusto. He visto en las calles, de madrugada, a dos ratas copulando la mar de felices. He oído cómo los gatos hacen su infierno en el tejado. He visto a un pájaro metérselo a su pájara sin necesidad de un manual. ¿Por qué no iba a hacerlo bien yo? ¿Por qué ibas a tener líos tú? Se trata de mujeres, te aseguro que una mosca ofrece más dificultad. La mujer habla de amantes perfectos pero un amante perfecto lo es para sí mismo. Si te empeñas en quedar bien con ellas te van a dejar seco y aburrido. Por mi parte sólo procuro mantenerlo erecto cuanto me sea posible y después suelto el escupitajo. Si hasta los historiadores y cajeros de banco eyaculan, por qué no iba a hacerlo una mosca.

P.M.: ¿Qué opina de la guerra?

Yo: Lo mismo que opino de las estufas integrales.

P.M.: ¿Qué cosa es?

Yo: Si eres un vendedor de armas, el dueño de una funeraria o un niño que odia ir a la escuela, la guerra puede parecerte fantástica. Si eres un soldado y sabes que van a machacarte las pelotas...

P.M.: ¿Qué decía de las estufas integrales?

Yo: Si tu mujer quiere una y tienes dinero, ¿por qué no hacerla feliz?

P.M.: ¿Qué tiene eso en común con la guerra?

Yo: No lo sé. Fíjate que algunas tribus, para cazar orangutanes, hacen huecos en los calabazos, les sacan la pulpa y los rellenan con cacahuetes. Así que el orangután siente el olor, llega al calabazo, introduce la mano, agarra un puñado de cacahuetes y ya no puede escapar.

P.M.: ¿Qué nos dice sobre su próximo libro?

Yo: Es sobre un tipo que inventa una sustancia que puede hacer invisible a cualquiera con sólo tomar un sorbo y sale a venderla. Encuentra a su primer cliente. Éste se interesa pero quiere probar la sustancia antes de comprarla. El tipo le pasa la botella y el cliente toma un sorbo. El cliente le pregunta si puede verlo y el tipo le dice que no. El cliente echa a correr botella en mano. El tipo no va tras él. Allí acaba la primera parte y enseguida vienen una serie de preguntas para el lector del tipo ¿Por qué piensa usted que el tipo no persiguió a su cliente? Cada pregunta tiene dos o más opciones de respuesta. Por ejemplo, para esa primera pregunta está el siguiente par de respuestas:

1. Para no quedar en evidencia.
2. Porque el líquido funcionó.

Al escoger respuesta, el lector no descubre la índole del personaje en cuestión sino la suya. Sólo se puede ser un soñador o un tramposo, lo demás es retórica.

P.M.: (esta vez es la chica) Me pregunto qué hizo el cliente al notar que el tipo no fue tras él.

Yo: Depende de la respuesta que escogiera el cliente.

P.M.: (la chica) Digamos que escoge la número dos.

Yo: Eso le deja un par de opciones: huye con la sustancia o regresa y paga por ella. Todo depende de la índole del cliente. Es un relato donde el lector termina siendo el personaje.

P.M.: (la chica) Uno puede preguntarse por qué el tipo que inventó la sustancia no la usó en sí mismo.

Yo: Esa pregunta está en el libro y va seguida de otra que interroga al lector sobre lo que haría en caso de poder hacerse invisible. ¿Tú qué harías?

La chica se queda pensativa y sonríe. El chico aprovecha e interviene cambiando de tema.

P.M.: ¿Ha pensado incursionar en la política?

Yo: Cada mañana lo hago y después trato de limpiarme lo mejor posible.

P.M.: ¿Qué opinión le merecen personajes de su país como Gabriel García Márquez y Fernando Botero?

Yo: Ninguna.

P.M.: No puede negar que son luminarias reconocidas internacionalmente.

Yo: Esa gente me recuerda a las luminarias del alumbrado público que había en la calle donde nací. Hacía siglos que se habían fundido y nadie se preocupaba por cambiarlas, al cabo, cuando estaban en servicio, tampoco servían para un culo.

P.M.: ¿Qué personajes de su país admira?

Yo: Kid Pambelé y René Higuita.

P.M.: ¿Qué opina de las mujeres?

Yo: Cuando voy al cinema espero el aviso que ordena aplastar los vasos desechables, lo hago con verdadero placer.

P.M.: ¿Qué tipo de lectura le gusta?

Yo: La paja que hay en las peluquerías y salas de espera.

P.M.: ¿Qué opina del aumento de mujeres infieles?

Yo: Es obvio que la mujer puede ser más activa sexualmente que el hombre. Hace poco leí una revista donde aseguran que las cucarachas serían las únicas sobrevivientes de un desastre nuclear.

P.M.: ¿Qué opina del aborto?

Yo: Es un acto de piedad y pudor. Debería haber tantos sitios dedicados a eso como los hay para vender bebidas refrescantes.

P.M.: ¿Por qué cambia continuamente de pareja?

Yo: La mayoría de tipas con que salgo son presentadoras en la tele y nadie, a menos que sea un *subnormal*, soportaría estar con ellas más de diez minutos seguidos.

P.M.: ¿Qué le resulta insoportable?

Yo: La gente, más que nada la gente quejumbrosa. Ninguna persona en el mundo tiene suficiente mierda como merece así que no debería haber quejas en ningún caso.

P.M.: Sus opiniones sobre el arte han armado un polvorín. ¿Qué opina de ello?

Yo: Sólo dije que la música es un arte que desapareció a finales del siglo XIX, que la pintura acabó poco después y que la poesía no ha nacido aún, que sólo será posible cuando el hombre desaparezca. La poesía, según creo, es alérgica al hombre.

P.M.: ¿Qué opinión le merecen el cine y la novela?

Yo: El grueso de la novela es serrín y grumo. Si el cine es el séptimo arte, mi verga es el noveno. El cine sólo es chatarra que pintan de dorado. Su margen es tan estrecho como culo de colibrí. Luces y chatarra para entrampar a jodidos mamíferos sin imaginación. El cine, en el mejor de los casos, no pasa de ser un poco de música y literatura, rebajada y empacada, para intelectuales resecos. Para evitar que entierren la novela hay que sacarla de ese pomposo ataúd llamado literatura.

P.M.: Usted hace cine y escribe novelas.

Yo: Adivine entonces qué clase de cosas hago cuando estoy en el baño. Uno de los inventores del cine lo llamó *Getthemoneygraph* (El grabador para conseguir dinero), un nombre sumamente apropiado.

P.M.: Entonces ¿no le gusta el cine?

Yo: No dije eso. Dije que no lo considero *arte* en el sentido que yo le doy a esa palabra. Una cosa es cierta: no se puede pensar en cine sin pensar en dinero. Otra no lo es menos: no se puede pensar en dinero sin ser oportunista. El hombre que hace arte puede ser oportunista, el que hace cine *debe* serlo. Si sólo pudiera vivir con lo que considero arte ya habría muerto, por fortuna soy capaz de comer mierda como cualquier habitante del planeta, es sólo que no necesito disfrazarla de caviar. Esa es mi diferencia con el resto del mundo: ellos comen mierda todo el tiempo como si fuera caviar, así que cuando tienen verdadero caviar en el plato no lo notan. El notar las diferencias es lo que me hace superior.

P.M.: ¿Qué libro tiene en su mesa de noche?

Yo: *La muerte de Sócrates*, de Anna Pegova.

P.M.: ¿Se considera misógino?

Yo: A veces me cuesta separar a la mujer de lo sexual y darle un sentido único. Me crispa su capacidad para sufrir, su vocación de víctima. Cierto que hay resplandor en ella pero nada puede ser más despreciable. Sé que el hombre es mejor, no en algo específico sino en la dignidad última. Ellas me gustan pero pensarlas me pasma.

P.M.: (la chica) ¿Piensa que somos inferiores?

Yo: Es increíble que quieran ser iguales o mejores que el hombre. Es como si un águila quisiera ser un pollo congelado.

El chico ríe. Ella va a replicar algo pero se frena y un gesto estúpido se eterniza en su cara. El chico vuelve al ataque.

P.M.: ¿Qué opina de lo que pasa en su país?

Yo: Entre más buena la cerveza más hedionda la cagada.

P.M.: Escuché decir que le tiene fobia al folklore de su país.

Yo: Si folklore son unos tipos horribles haciendo ruido con un acordeón, entonces Teo Monk y los Sex Pistols es todo el folklore que necesito.

P.M.: (la chica) A pesar de eso usted es... No es que piense así pero...

Yo: Vamos dilo, ¡dilo!

P.M.: (la chica) Usted es una celebridad aquí pero no es gringo. A pesar del éxito y el dinero no puede negar su origen.

Yo: Claro que puedo negarlo, lo niego absolutamente. ¿Piensas que si fuera negro y tuviera una hija iba a entregársela a un jodido negro? ¿Crees que me sentiría orgulloso si fuera indio? Si yo hubiera nacido mujer me habría pegado un tiro al saber lo que eso entraña. Tampoco soy blanco pero es lo que habría elegido en caso de ser posible. ¿Qué cosa soy? Quizás algo que muchos quisieran ver cuando se ponen ante el espejo. Soy el dios que falló.

P.M.: (la chica) Algunos opinan que lo suyo es pose, que habla de ese modo para llamar la atención.

Yo: Estoy plenamente de acuerdo con esas opiniones.

P.M.: (la chica) ¿Qué pretende en realidad?

Yo: Una mujer con unas buenas piernas. Encontrarla es más difícil de lo que parece: unas piernas largas, ligeramente torneadas, ligeramente sinuosas. Que nazcan en el sexo mismo y mueran en el dedo gordo del pie. Sin grasa, várices o demasiado músculo. Esa, querida mía, es una alquimia muy rara. En mi larga vida de reptil buscahermosaspiernas no he conocido más que cinco o seis mujeres que las tuvieran.

P.M.: (el chico) Hace unos años se le veía en cocteles y todo tipo de reunión intelectual, ahora es casi un ermitaño. ¿A qué se debe el cambio?

Yo: Antes no tenía dinero, debía esquilmar tragos por allí. Ahora puedo pagar una bella puta, no tengo que soportar viejas horribles con ínfulas trascendentales.

P.M.: ¿Se considera autosuficiente?

Yo: Las cosas esenciales de la vida son actos solitarios: pajearse, cagar y morir. Podrías hacer todo eso encerrado en el baño. Sin embargo, hay otros lugares en una casa.

P.M.: ¿Qué sugerencia les haría a las nuevas generaciones?

Yo: Les sugiero la inmortalidad del cuerpo y la venta del alma, que en vez de visitar iglesias vayan a las carnicerías.

P.M.: ¿Qué opina del amor?

Yo: Es un asunto de velocidad: si no te andas aprisa te joden. Todas esas niñas del culo o del dinero esperan que salgas, apuntan sus balas de plata directo a tu corazón y si no te metes en tu propia velocidad acabarás delirando en una acera como Don Quijote o quizá te conviertas en un perro, al que han apaleado tanto, que lo único que sabe hacer es cubrirse.

P.M.: ¿Qué piensa de los gringos?

Yo: Me gusta ver béisbol y guerra en la tele. La forma como usan las cámaras es increíble. Sufrí mucho con el asunto de la huelga de peloteros y cuando pararon la anunciada invasión a Haití. Por fortuna el béisbol ha vuelto. Lo otro no me preocupa: nunca faltarán pequeños y pobres países que los gringos aplasten.

P.M.: ¿Qué opina de las mujeres con talento?

Yo: Creo que cocinan bien.

P.M.: ¿Se considera egoísta?

Yo: Jamás caminaré tres kilómetros de ardiente sol para salvar los delfines rosados, los delfines deben cuidar su propio trasero. Sin embargo podría cruzar el desierto por nada, por pura y física incapacidad de frenar la caminata. Si hay algo que odio es una cosa hecha con propósito.

P.M.: ¿Qué personaje histórico le gustaría interpretar?

Yo: Me gustaría ser Sócrates. Aguarden un instante (voy hasta mi habitación y recojo el libro de Anna Pegova). Les voy a leer algo: *El encargado, que se había encariñado con Sócrates, le entregó la cicuta con lágrimas. Le dijo que tenía hasta la caída del sol para beberla. Sócrates se llevó la copa a los labios. Critón lo detuvo, le dijo que aún tenía algo de tiempo para disfrutar. Sócrates dijo: Querido Critón, entiendo tus razones pero sabes que mi asunto aquí es la muerte y no quiero robarle instantes, la vida ya me es harto conocida. Sócrates llamó al encargado para preguntarle cómo debía actuar una vez ingerido el veneno. El encargado le dijo que caminara un poco y en cuanto sintiera las piernas pesadas debía acostarse. Sócrates apuró sereno la copa, sus amigos rompieron en llanto. Sócrates dijo: Para evitar esta clase de tonterías fue que hice salir a las mujeres. No conozco nada de la muerte y me es grato acercarme a su misterio. Critón y los demás procuraron calmarse. Sócrates sintió pesadez en las piernas y se acostó. Justo antes de expirar pronunció las siguientes palabras: Critón, debemos un gallo a Esculapio. No vayas a olvidar pagarle.* Anna Pegova trabajó veinte años en una mugrienta sala de estética. ¿Saben qué hacía? Limpiaba caras, manos y pies a desconocidos. Les sacó espinillas, con un aparato de su propia invención, a tres generaciones de actorcillos y modeluchas. Ahora es *best seller* con este libro sobre las últimas horas de Sócrates.

P.M.: (la chica) ¿Le interesa la filosofía antigua?

Yo: ¿Qué demonios tiene que ver Sócrates con eso? Era sólo un tipo afable que enseñaba a los chicos de su barrio cosas como el valor y la dignidad y por eso lo jodieron. Su padre fue cantero y su mujer lavaba ropa por días. Las últimas palabras que pronunció fueron para recordar una deuda. Tipos como él no abundan.

P.M.: (el chico) ¿Estuvo enamorado alguna vez?

Yo: Sí, de un popó menguante. Pensar que casi me pudro cuando se fue me hace sentir que soy un popó creciente.

P.M.: ¿Qué le molesta de los grandes escritores de este siglo?

Yo: Que, salvo Bukowski y un servidor, todos escribieron para el siglo pasado. Les interesó más la literatura que la vida. Nosotros tenemos un ejemplo de ello en García Márquez: no sólo repite la misma fofa cháchara libro tras libro sino que él mismo parece un papagayo disecado. Todo el mundo en mi país sabe su nombre pero nadie, y menos los jóvenes, lo leen.

P.M.: ¿Qué opina de los homosexuales?

Yo: ¿Qué demonios puedo opinar? Si quieres entrar un tractor por la puerta trasera de tu casa es asunto tuyo. Si alguien odia los tractores está en su derecho. Capote no es importante por comer pepino sino por escribir.

P.M.: ¿Qué debe tener alguien para que usted lo considere un artista?

Yo: Ser un vividor. Un escritor es quien escribe, un pintor quien pinta, un vividor quien vive. Hoy a cualquiera se le llama artista. Un mandril de telenovela, un marica de museo, una puta de revista. Cualquiera que chille puede ser llamado artista. He conocido gente por ahí sin oficio alguno y sin embargo llena de una vitalidad extraordinaria, para mí son artistas. Fíjese que un escritor famoso con el tiempo puede degenerar en momia de eventos sociales o majareta de la tele. El artista en cambio no tiene opción, es un fracaso a prueba de eternidades. No sé qué tan buen escritor haya sido Beckett, sé que era un artista. Si Botero es un artista mi verga es de oro puro. En cuanto a que llamen artista a un actor, cantante, etc., sí, lo son, en el mismo sentido en que lo es la mierda del perro.

P.M.: ¿Por qué nunca habla de su infancia?

Yo: No tengo muchos recuerdos... Mi padre era profesor de física en un colegio público. Siempre estaba leyendo en voz alta. Escuchen esto (cierro los ojos para concentrarme): *¿Qué es, en realidad,* PENSAR*? Cuando al recibir impresiones sensoriales, emergen* *imágenes de la memoria, no se trata aún de* PENSAMIENTO. *Cuando esas imágenes forman secuencias, cada uno de cuyos eslabones evoca otro, sigue sin poderse hablar de* PENSAMIENTO. *Pero cuando una determinada imagen reaparece en muchas secuencias, se torna, precisamente en virtud de su recurrencia, en elemento ordenador de tales sucesiones, conectando secuencias que de suyo eran inconexas. Un elemento semejante se convierte en herramienta, en concepto. Tengo para mí que el paso de la asociación libre o del* SOÑAR *al pensamiento se caracteriza por el papel más o menos dominante que desempeñe allí el* CONCEPTO. *En rigor, no es necesario que un concepto vaya unido a un signo sensorialmente perceptible y reproducible (palabra): pero si lo está, entonces el pensamiento se hace comunicable.* Eso es de Einstein, lo aprendí a recitar cuando tenía seis años y todo el mundo, hasta mi padre, pensaba que sería un genio. Soy como los actores, puedo repetir cualquier cosa sin entenderla jamás.

P.M.: ¿Qué pasó con su padre?

Yo: Lo aplastó un autobús al volver de clases. Me había regalado un gato pocos días antes y le puse su nombre. El gato murió de viejo.

P.M.: (la chica) Eso explica su afición por los gatos...

Yo: En parte... Los gatos son criaturas sobrias que en lo posible procuran ocultar la mierda. Nosotros en cambio abrimos librerías, museos, cinemas y todo tipo de lugares para mostrarla.

P.M.: ¿Qué otro recuerdo tiene de su padre?

Yo: Escuchen esto: *Transportar un pensamiento no significa compartirlo. Para que un pensamiento conecte a dos o más sujetos debe ser descifrado por todos ellos y eso no es frecuente. Conectar es distinto de aceptar, el grueso de lo que llamamos comunicar no es más que repetición y obediencia. Vivimos de pactos referenciales, de escueta mecánica.* ENTRENAMIENTO *es el nombre del sublime juego que algunos llaman todavía* VIDA. *Todos hablan con* propiedad sobre el amor, la libertad, los sueños, etc. Pocos pueden entender sencillas ecuaciones. Por ser la palabra un elemento cotidiano nos resulta penetrable. Y es un error, la palabra es más hermética que la física moderna, la palabra es una trampa mortal. ¿Qué les parece?

P.M.: (la chica) Einstein era un genio, no hay duda.

Yo: Es mío, lo hice a partir de no comprender a Einstein pero tampoco lo entiendo. Lo increíble es cómo las palabras pueden imitar la sabiduría. He escrito un montón de fragmentos por el estilo y voy a recogerlos en un libro que se llamará *Mi padre fue una ociosa y sexy oruga*.

P.M.: (el chico) ¿Cuál es el secreto de su éxito?

Yo: Es simple, hijo: lo que debes hacer es decir justo lo que esperan que digas si quieres agradar y decir lo contrario si deseas armar lío. Si yo digo que es una lástima el fin de las dictaduras en nuestros países, todos esos hijoputas librepensadores querrán sacarme los ojos. Sin embargo, ellos mismos como vacas sagradas del arte y el poder encarnan una infame dictadura y se complacen en ello. Si yo digo que detesto a los judíos, negros y maricas, miles de librepensadores y amas de casa querrán llevarme a la cámara de gas pero nadie protesta porque los niños arrancan las alas a las libélulas o atrapan murciélagos para hacerlos volar al mediodía. También puedes hablar de forma ambigua o permanecer callado por años. Hay muchas formas de convertirse en mito o celebridad.

P.M.: ¿A qué no renunciaría?

Yo: Es estúpido pensar que no podemos dejarlo todo. Estamos hechos de esa renuncia.

P.M.: ¿Qué opina de las drogas?

Yo: Cada quien es dueño de su trasero y puede usarlo como quiera. La única ética que interesa a los gobiernos es la del dinero.

Mientras no exista una ley que prohíba que los niños arranquen las alas a las libélulas y que se siga haciendo rock en español, no voy a tomarme en serio el asunto de la droga y mucho menos los libros de Germán Espinosa.

P.M.: (la chica) ¿Cómo era la mujer que amó?

Yo: Parecía una chica sensible y ahora tiene una vida cuadrada. Su mente estaba hecha de una fibra delicada y su cuerpo era flexible y cálido. Podía reír y ser herida y eso era lo mejor. Ahora supongo que adorna las noches vacías de un bicho reseco.

P.M.: (el chico) ¿Qué no soporta?

Yo: Que una de esas miss cacaseca, una vaca de concurso, cuando la entrevisten, me elija como su personaje favorito.

Los invito a cenar. Él mira su reloj y dice que se ha hecho tarde. La chica quiere quedarse. Él la llama aparte. Discuten. Ella se queda. Cenamos y después le enseño la casa. Me cuenta sobre su vida, me declara su admiración. El filipino nos trae una botella de champaña. Ella acepta tomar una copa.

Después de un par de polvos me trata con menos respeto. Hablamos de su compañero. Él la pretende pero ella está indecisa. Le digo que me parece un muchacho con agallas, que su entrevista me gustó mucho. El filipino observa a la chica, ha resultado más bella de lo pensado. Hablamos sobre él, le cuento que está conmigo desde hace quince años, que habla muy poco y no le conozco familia o amigos, que jamás sale de la casa y nunca ha amado o tenido contacto sexual con persona alguna. Ella está bajo las sábanas, me dice que su mirada la perturba. Le ordeno salir. Es una chica linda y suave, quisiera amarla. La piedra en mi pecho salta ligeramente pero enseguida se aquieta. Siento que tengo más cosas en común con el filipino de las que estaría dispuesto a aceptar.

4
GUITARRA INVISIBLE

CIUDAD INMÓVIL. VERANO-83
Caminando por el delgado filo de una barda

Uno se mete a escribir porque no fue capaz de pegarle a un chofer que lo puso en evidencia, porque no destrozó los platos en un restaurante, porque no se enfrentó a un policía loco que insultaba a su novia, porque no le dijo a su madre lo mucho que la amaba y detestaba, porque no escupió a un profesor que decía que la tierra era redonda, porque se dejó ganar el puesto en la fila del cinema, porque no tiene oficio ni beneficio, porque piensa que es una forma fácil de hacer fama y dinero, porque si lo hacen mamarrachos como García Márquez y Mutis uno también puede hacerlo, porque no es bueno para los números, porque no quiere ser médico ni abogado, porque está ardido, porque odia a la gente y quiere insultarla.

Uno se mete a escribir porque una chica linda le dijo que le gustaban los escritores, porque necesita una coartada para no trabajar, porque lo hace sentir superior, porque se leyó un par de novelas de vaqueros y quiere entrar en la competencia, porque es un *cowboy* sin oeste, porque cagatintas como Vargas Llosa lo hacen, porque no tiene voz, porque no tiene ritmo, porque está harto de hacerse la paja, porque quiere atorar a una mujer pero no hay forma, porque piensa que tiene algo que decir, porque descubre que las chicas lindas dicen que los escritores son tiernos pero salen con mafiosos, porque no lo dejan estrujar a la reina nacional de belleza, porque está flaco y no hay remedio, porque tiene miedo de morir sin haberle hundido los pelos a una chica linda, porque si un mamón hipócrita como Vargas Llosa escribe cualquiera puede hacerlo, porque sabe que el cine es tiempo perdido, porque tiene envidia de esos mandriles que salen en la pantalla y ganan millones, porque quiere ser como Bukowski a falta de mejores oportunidades.

Uno se mete a escribir porque no sabe boxear ni tiene agallas, porque tiene los dientes torcidos y no puede sonreír como quisiera, porque para los impotentes de toda índole no hay otro camino, porque todos los feos escriben o asesinan y uno no es capaz de matar una mosca, porque escribir da importancia, porque para que a uno le digan escritor no necesita hacerlo bien y para que lo llamen hijoputa no importa si su madre es una santa, porque tiene miedo de quedarse a la deriva sin hacer nada, porque no puede beber cada noche, porque ama a Dios pero odia las sociedades sin ánimo de lucro, porque no tiene novia, porque no hay emociones sino insultos, porque en su casa no hay tele y la radio se averió, porque la mujer del vecino es un bombón, porque tiene miedo de quedarse calvo y por eso evita los espejos. Uno se mete a escribir porque no se atreve a asaltar un supermercado, porque ama a una mujer y ella es la novia del chico listo de la cuadra, porque no hay suficientes revistas pornográficas, porque quiere hacer algo más que cagar y masturbarse, porque no es el chico listo de la cuadra ni el chico fuerte ni el gracioso, porque es el chico nada, porque vale tres tiras de verga, porque afuera lo cascan, porque su madre grita todo el tiempo, porque no hay ilusiones ni luz al final del túnel, porque su mente vuela bajo y nunca será otro Cioran, porque no tiene valor para saltar, porque no quiere la esposa fea que merece, porque tiene miedo de morir sin haber probado un bello culito, porque no tiene padre, amigos o fortuna, porque no tiene el modo de escupir de Clint Eastwood, porque se atasca entre una y otra intención, porque érase una vez el amor pero tuve que matarlo.

Lo bueno es que escribir no sirve para nada de lo que uno quiere. Escribir es un límite, un dolor, un defecto más. Lo bueno es que después de hacerlo te sientes pésimo. Nada ha cambiado, todo sigue en su sitio (salvo tu jodido cabello), Pelé no vuelve a la cancha. Lo malo es que escribes y Pambelé cae a la lona vapuleado por un gringo, un maldito gringo que estuvo preso por golpear a su madre. Lo malo es que Pambelé no es la madre del gringo y —por más que escribes— sigue tirado. Lo bueno es que escribes y sigues soñando con la mujer del vecino, sueñas que la tienes agarrada por las orejas hundiéndole los pelos. Lo malo es que escribir no cura tus deseos asesinos, que asaltar un supermercado sigue siendo tu objetivo imposible. Lo malo es que aún deseas un amor inolvidable. Lo bueno es que escribir es otra forma de cagar y masturbarte. Lo malo es que lees a grandes autores pero sólo Bukowski te llega. Lo malo es que un día la chica linda se entera que escribes y no deja que se la hundas hasta el otro lado de la muerte. Lo malo es que escribir sirve para todo lo que tú no quieres.

—Hola, madre.
—OH, DIOS MÍO, Rep: traes los zapatos SUCIOS DE MIERDA.
—No grites, voy a limpiar el piso.
—APÁRTATE, REGRESA POR DONDE VINISTE.
—De acuerdo, mamá, pero no grites.
—NO ESTOY GRITANDO.

SEATTLE. INVIERNO-77
Come as you are

El chico apuró el paso, la nieve caía en diminutos copos sobre las solitarias calles. Su madre estaría preocupada y eso significaba que la iba a armar grande. Odiaba tener miedo y ella se lo causaba. Miró el reloj y supo que sería difícil llegar a tiempo, a menos que olvidara las recomendaciones de su madre y tomara el atajo. Saltó bardas y escaló tapias con la guitarra cruzada en la espalda. Por fin encontró el sendero y recorrió aquel terreno baldío. Al final del sendero empezaba una angosta calle, desde allí pudo ver el edificio y la luz del baño de su apartamento encendida, una luz amarilla de *precaución*. Si apagaban esa luz antes que llegara estaría perdido. Consultó el reloj. Sus labios dibujaron una sonrisa de triunfo: el atajo funcionaba mejor de lo previsto. Avanzó confiado. A mitad de la calle unos chicos negros jugaban baloncesto con un balón imaginario, al verlo pararon el juego y lo rodearon. El más bajito y fornido lo despojó de la guitarra.

—¿Cómo te llamas, primor?
—Kurt.
—Guitarrista, ¿eh?

—Algo.

—Muéstranos lo que puedes hacer —dijo el bajito con una sonrisa más blanca que la nieve. Los otros silbaron y aplaudieron.

—Escucha, debo llegar a casa o tendré problemas.

El bajito le regresó la guitarra y se puso las manos en la cintura.

—¿Eres guitarrista o Blancanieves? —dijo el bajito. Los otros rieron—. Toca algo y más vale que seas bueno.

Kurt miró el oscuro cerco y se sentó en el piso para afinar la guitarra, enseguida empezó a sacarle trinos. Era una vieja guitarra acústica pero sonaba bastante bien. Fue un solo de siete minutos. Los negros se habían sentado alrededor suyo, nadie movió una pestaña hasta que el silencio volvió a reinar.

—Hey, hey, chico, vas a tener un lío —dijo el bajito.

—¿No te gustó?

—¿Gustarme? Chico, fue fantástico. Vas a joderte la crisma si no ves la raya, ¿entiendes? Tocas y miras como Jimi, eso es lo peor que podía pasarte.

Kurt miró hacia el edificio: la luz del baño estaba apagada.

Entró al apartamento y corrió a encerrarse en el baño, allí los gritos de su madre perdían fuerza. Se asomó por la ventanita, la luz del alumbrado público coloreaba las interminables hileras de copos cada vez más grandes. A lo lejos, sobre el estricto fondo blanco, pudo ver las figurillas negras empecinadas con su invisible balón. No podía entender las palabras de aquel chico, ¿cómo podía ser malo tocar bien la guitarra? Ese chico hablaba como un anciano, su mirada había sido de pasmo y compasión a un tiempo. ¿Por qué tocar como Hendrix era lo peor?

—SAL AHORA MISMO, KURT.

—Ni en mil años —susurró él.

—YA VERÁS LO QUE HAGO.

Lo primero que hacía Kurt al volver de la escuela era coger su guitarra. Ese día no la encontró. Por más súplicas y promesas de enmienda que hizo no consiguió ablandar a su madre.

—Te la regresaré a fin de mes si han mejorado tus notas.

—No puedes hacerme eso —sollozó Kurt.

—VEREMOS SI PUEDO —dijo ella.

Los primeros días sin la guitarra fueron un infierno. Una noche, recordando a los chicos del baloncesto imaginario, tuvo una iluminación. En la soledad de su cuarto empezó a tocar una guitarra invisible. El extraño silencio de Kurt puso en guardia a su madre, entró al cuarto en puntillas y lo halló sentado en el piso fingiendo tocar una guitarra. Tenía los ojos cerrados y no pareció notar su presencia. Dejó el cuarto sin hacer ruido. Tuvo deseos de regresarle la guitarra pero luego pensó que ese era el objetivo de Kurt, que había planeado aquello para ablandarla.

Poco a poco Kurt fue mejorando su técnica y al cabo de un tiempo logró sacar perfectas notas de silencio a su nueva guitarra. A fin de mes trajo la libreta de notas, había mejorado una barbaridad. Su madre le regresó la guitarra y le dio dinero para que entrara a cine. Kurt estaba tan contento que besó a su madre. Desde ese día alternó las dos guitarras. La vieja podía compartirla con todos, la invisible era sólo para él.

CIUDAD INMÓVIL. INVIERNO-86
Seré yo, será el silencio, allí donde estoy, no sé, no lo sabré nunca, en el silencio no se sabe, hay que seguir, voy a seguir

Le entregué el dinero, fui por el paraguas y salí sin despedirme de nadie. El cielo era gris plomizo, la amenaza de lluvia se extendía como una promesa incierta, como cuando se promete algo que, se sabe de antemano, no se podrá cumplir. Y, no obstante, estás lleno de fastidio porque hay algo vivo en esa promesa, hay como un conflicto, un engaño entre tu mente y tú. No podrías explicarlo a nadie pero sabes que es la cosa más estúpida que has hecho, sabes que te engañas, que finges, y ese es el peor crimen. Dirigí, sin pensar, mis pasos hacia el parque. Ahora tendría que matar tres horas en una banca viendo cómo las palomas hacían su retrete en la estatua de Bolívar. Parecían palomas entrenadas por Germán Arciniegas y tantos otros novelistas e historiadores sin cojones incluyendo, obvio, a quienyatusabes. Pronto la noche aliviaría mis cargas, ¿y las de aquel frío y cagado Bolívar? Al menos yo podía meterme en el Ratapeona y beber hasta caer de espaldas.

En el extremo opuesto de la banca hay una muchacha morena de brillantes ojos negros. Su rostro es pícaro y sus tetas espléndidas. Tiene una falda morada y un suéter azul pegado al cuerpo. Parece una gatita suave y amable, le calculo unos veinticinco años. La muchacha pone un cigarrillo en sus labios y empieza a sacar cosas de su bolso. Supuse que había perdido los fósforos y, al mejor estilo de Bogart, le ofrezco fuego. Ella lo agradece y aspira con fuerza, veo el rojo de sus labios y la candela del mismo color que nace en la punta del cigarrillo. Guardo el encendedor y vuelvo a Bolívar y sus eclécticas palomas. Ella dice algo sobre su estúpida costumbre de perder los fósforos. Le alargo el encendedor. Se sorprende. No es cualquier encendedor. Es una joya de plata y oro, uno de esos recuerdos que no deben regalarse. No quiere aceptarlo.

—¿Por qué no?
—Es un objeto valioso, especial.
—Así no lo perderá como los fósforos.
—¿Y usted?
—Soy negligente con lo valioso.

Ella acepta el encendedor, lo detalla y lo mete en su bolso.

—Verá cómo luego se arrepiente.
—Eso es seguro —digo.

Su nombre es Amalia, estudia filosofía y espera un amigo. Para variar, dos palomas cagan al tiempo sobre la cabeza de Bolívar, la caca resbala hasta la nariz del Libertador. Me pregunta a quién espero. Le digo que a Godot. Ríe. Tiene un lunar en el nacimiento de los senos. Le digo que me llaman Rep y acabo de perder todos mis malditos ahorros en una maldita apuesta. Ríe. Me despido y camino hacia el Ratapeona, todavía no es hora pero necesito un trago.

Lo que olvidé decirle a Amalia es que el dinero perdido eran ahorros de mi madre, no míos. Que me habían enviado a pagar dos meses atrasados de arriendo, que nunca debí apostarlo, que tenía que inventar una buena excusa para darle cara a mamá. El cielo sigue prometedor. También he prometido un montón de cosas que no cumplo, el encendedor era una de ellas. Soy como un cielo gris de verano. Encontré cerrado el bar. Toqué tres veces. Franco abrió creyendo que era otra persona. Puso mala cara al verme.

—Tienes que cambiar la clave —dije.
—No hay más crédito para ti —dijo.
—Sólo será una botella —dije.
—Ni un maldito trago, Rep —dijo.

Salí al amanecer del Ratapeona dando tumbos. Estaba lloviendo a chorros. Traté de abrir el paraguas pero recordé que Franco se lo había quedado para amortiguar mi deuda. Me entraron ganas de ver a Amalia, de estar con ella bajo una sábana limpia en una cama seca y fragante, era lo único que le pedía a la vida, y si eso no era posible, prefería morir.

SEATTLE. VERANO-82
Lounge act

Estaban tocando en un garaje. Tom era el batería y Randy el bajo. No se sentía cómodo, las cosas con su madre iban de mal en peor, quería dejar la escuela y mudarse solo. Jenny estaba afuera hablando con la novia de Michael. No le gustaban Michael ni su novia, odiaba a las chicas que se pintaban el cabello de verde. Terminó la canción y salió a buscar a Jenny. Estaba harto de tocar allí, a nadie parecía importarle la música, sólo querían fumar marihuana y moverse un poco. Jenny le dijo que la novia de Michael iba a dar una fiesta esa noche. Se emputó con Jenny, tiró a un lado la guitarra y se alejó sin rumbo. Jenny fue tras él.

—Trato de entenderte, Kurt. Te juro que nada quisiera más.
—Entonces no llores. MALDITA SEA, no llores.
—¿Qué es lo que quieres?
—Que te cases conmigo y nos vayamos lejos.
—Pero eso es una locura, Kurt.
—Sí, ya lo sé Jenny. No me pongas atención.

Jenny amaba a Kurt, quería entenderlo, quería sacarle todo el dolor que expresaban sus ojos pero no sabía cómo.

Kurt y ella hacían el amor tocándose los dedos, lo habían aprendido en una película sobre extraterrestres. Kurt era un chico extraño, alrededor suyo parecía flotar siempre algo de otro mundo y Jenny a veces tenía miedo de él. Kurt se empeñaba en hacerla escuchar los sonidos de una guitarra invisible pero Jenny no lograba escuchar nada: ella jamás había tenido oído para la música.

—Vamos a la fiesta, Kurt.

—No me gustan las fiestas, no me gusta esa tipa.

—Es mi amiga, yo jamás me meto con tus amigos.

—No tengo amigos, Jenny. Sólo me importas tú.

—Entonces ven a la fiesta.

—De acuerdo, nena, lo haré si prometes no volver a llorar.

—Lo prometo.

La fiesta era en un jardín. Kurt estaba sentado al pie de un árbol. Jenny hablaba con otras chicas a pocos metros de él. Kurt no era bueno para hablar, no le agradaba contar sus cosas ni escuchar las de nadie, consideraba un tesoro sus pensamientos. Michael se sentó a su lado.

—¿Cómo vas, Kurt?

—Bien.

—¿Quieres una cerveza?

—Quiero que te largues.

—Eres un demente —dijo Michael—. Voy a darte lo que mereces.

Michael estaba de pie subiéndose las mangas. Kurt seguía sentado. Michael lo instó a ponerse de pie. Kurt lo hizo.

—Me voy —dijo Kurt.

—Eres un gallina —dijo Michael.

Kurt le pegó un puñetazo y le partió el labio. Michael se fue encima de Kurt y éste lo evadió con una finta de bailarín. Los invitados intervinieron. Michael gritaba amenazador. Jenny estaba llorando.

—No debiste traer a ese loco —dijo la novia de Michael.

Kurt se alejó. Jenny fue tras él.

—Vuelve con tus amigos, Jenny.

Ella lo agarró por el brazo.

—¿Qué pasa contigo, Kurt?

—Prometiste no llorar, ¿recuerdas?

—Pam tiene razón, estás loco.

Kurt apartó la mano de Jenny con suavidad. De sus ojos salía un raro fulgor, ella sintió pánico. Kurt echó a andar. Jenny se quedó sollozando. Unas chicas llegaron a consolarla. Kurt no miró atrás ni una sola vez.

LONDRES. VERANO-93
All apologies

Después del concierto habían sido conducidos en una furgoneta de la policía hasta el hotel. Se había usado a unos dobles para confundir al público, que seguía esperando la salida del grupo en las afueras del estadio. Durante el trayecto hacia el hotel, Kurt había leído un artículo en la revista *People* sobre ellos, un fragmento lo había intrigado: *Los muchachos de Seattle están al tope, justo sobre la cima de la cima, no queda espacio por escalar, es el final del camino.* Ahora temblaba en un rincón de aquella suite. Dave había salido con gente y Novoselic hablaba por teléfono. Kurt no podía explicarse cómo unos chicos de Seattle habían ido a parar allí, era como un sortilegio pero, al menos para él, aquello apestaba. Su rostro estaba en la portada de aquella revista, abajo decía: *Kurt Cobain, sin disculpas.* Novoselic colgó y vino hacia él, ahora hablaría sobre los cambios que deseaba la disquera en algunas canciones y el título del C.D. próximo a grabar. Kurt se tragó un puñado de cápsulas y cerró los ojos, la voz de Dave se hizo lejana, se confundió con los gritos de su madre que sonaban en lo más profundo de su mente. ¿Y su chica? Muy lejos, cantando con su grupo en algún lugar, un sitio distante de él y sus temores. Dave lo observó, Kurt estaba tieso como un tótem. Trató de hacerlo reaccionar, no era la primera vez que le tocaba lidiarlo. Después de varios intentos sin respuesta se asustó y fue en busca de un médico. El hotel tenía equipo médico para emergencias. Después de un breve examen se decidió trasladarlo al hospital. Allí permaneció hasta la mañana siguiente. Estaba animado y hasta intercambió bromas con los periodistas, algo muy raro en él. Esa misma noche dieron un concierto en París.

Se preguntaba muchas cosas y tenía pocas respuestas. ¿Dónde había quedado el saltabardas de Seattle? Él sólo trataba de ganar algún dinero para irla pasando. Su segundo C.D. vendió siete millones de copias y él fue lanzado hacia el mundo como un cometa enloquecido. Atrás quedaron las advertencias de su madre y sus noches anónimas, atrás quedó una bella chica de trenzas. Pensó que era un sueño, que iba río abajo en una balsa de algodón de azúcar, que todo era fácil y nadie saldría lastimado. Él era un poeta, el poeta que todos necesitaban. Su madre alguna vez le había dicho: *No busques cosas que no son para ti, Kurt.* Su respuesta no se hizo esperar: *¿Qué sabes tú lo que es para mí?* Ella replicó a su vez: *Si te empeñas en buscar algo corres el riesgo de encontrarlo. Uno nunca sabe lo que le falta hasta que duele mucho.* Kurt cogió la guitarra y se puso a cantar, la canción que improvisó hablaba sobre lo tontas que suelen ser las madres. Ahora ya no le pareció tonta pero quizás era demasiado tarde para hacérselo saber. Pensó en Morrison, se preguntó si alguna vez, siendo ya el Rey Lagarto, había deseado abrazar a su madre.

Quienes conocían a Kurt desde los tranquilos días de Seattle sabían que estaba roto. No sentía la música, era un muñeco sin alma bajo los reflectores, no le quedaba espacio ni tiempo para soñar nuevas canciones, nadie parecía verlo, era como si mirasen a través de él, como si fuese plano y hecho en vidrio. Las canciones que querían cambiar las había compuesto en su antigua habitación de Seattle: entonces tocaba dos guitarras, una acústica y otra invisible. Él deseaba grabar esas canciones en su forma original pero la disquera decía que era un error, que no había lugar en el mercado para canciones así. No había lugar para nada suyo, ni siquiera cabía una guitarra imaginaria.

CIUDAD INMÓVIL. INVIERNO-86
Ningún mundo se hundirá bajo lágrimas que nunca vimos caer por una pena que nadie compartió   en absoluto

Quería jugar fútbol, creía tener condiciones, había ensayado miles de jugadas en la soledad luminosa de mi mente, había alternado con los mejores del mundo, vivos y muertos, sentado en el inodoro durante horas. Sólo había un problema: mis piernas. Eran demasiado flacas y me daba vergüenza ponerme los cortos. Para escapar de la educación física le había metido al profesor la patraña de una rara enfermedad congénita. Los profesores son la cosa más boba e indiferente que hay, es fácil engañarlos porque no les interesa un pito si a ti te parten el alma, sólo quieren que llegue el fin de mes para agarrar su miserable paga, sólo desean que una chica carnuda les dé chance para medirle el aceite. El caso es que cuando por fin mis piernas engordaron un poco ya estaba viejo para empezar la carrera de futbolista y de esa manera el país perdió al único hombre capaz de llevarlo a disputar la final de un campeonato del mundo.

Empecé a estudiar medicina. Mi madre me había estado entrenando para eso desde el día que nací. *Entrenando* significa que todos los malditos días de mi vida me repetía la misma cháchara: *Ser médico es lo mejor que hay. Tener un hijo médico me haría feliz. Rep, tú sabes que mi vida ha sido una desgracia pero tienes la oportunidad de remediarlo.* Y allí estaba Rep, un niño flacuchento, con la pesada carga de la felicidad de su madre, *la única posible en mi horrible vida,* sobre sus estrechos hombros.

Bueno, el caso es que terminé la secundaria con lujo de detalles y fui directo a la universidad. Nunca me gustó el colegio, si sacaba buenas notas era porque tenía alguna inteligencia y el resto, profesores y alumnos, competía con los mandriles. La universidad repetía cada *atributo* del colegio multiplicado por mil, lo que enseñaban podía aprenderse, en menos tiempo y con mayor gracia, en un mercado público. La medicina apestaba, su interés primordial era promocionar drogas y administrar enfermedades de tal modo que se alargaran cuanto fuese posible. No había preguntas, no había relación médico-paciente. Se agarraba el dinero y se recetaba según el manual. Hablaban de reducir más el tiempo de consulta. El sueño de los estudiantes era, una vez graduados, poder atender cuarenta casos por día. Veían el futuro como una cuenta bancaria que no cesaba de crecer. Me sentí asqueado, me dije: *Tengo el alma en su sitio, quiero ir más allá.* Renuncié en cuarto año y con ello *desgracié* un poquito más la *desgraciada vida* de mi madre y, obvio, me convertí en el chico malo del paseo.

Son las cuatro y pico de una tarde pasada por lluvia. Los niños corren y gritan como apaches bajo un cielo atravesado de relámpagos. Una sonrisa estúpida e intermitente baila en mis labios mientras los observo. Estoy allí, en medio de la calle, empapado como una flor de papel. Son las cuatro y pico, acabo de conocer a cierta chica y parece que le gusto. Ella es alta, tiene las mejores piernas que he visto, los ojos grandes y verdes, los senos más bien pequeños, las manos blancas con dedos largos, dibujados con una ternura sólo achacable a un dibujante de la Disney. La he visto unos minutos pero creo que la amo. Jamás he amado antes a una mujer, sólo me han interesado sexualmente. Ella también me excita pero hay algo, una rara sensación en los nervios, como si fuera a ahogarme si no la vuelvo a ver. ¿Me estaré volviendo majareta?

SEATTLE. ABRIL-94
Smells like teen spirit

Recordó a la pandilla de chicos negros que jugaban sin balón mientras la nieve caía sobre Seattle, casi pudo verlos moviéndose sobre el fondo nevado: un puñado de duendes saltarines retando al duro invierno. Esa vez logró hacerse respetar gracias a su talento, aquellos chicos sabían lo que significaba escuchar. Chicos pobres, jodidos a más no poder pero con fragor en la sangre. Las desesperadas multitudes que llenaban los estadios para escucharlo no tenían idea de silencio y música, sólo aquellos chicos del balón invisible lograron comprender, fue su instante de gracia y jamas volvió. El fragor de ahora era el sonido de la escoria viajando por tubos hacia el hoyo oscuro, el fragor de ahora era la mentira en cápsulas rojas, era la mentira envuelta en discursos y promesas. Se preguntó dónde estarían su esposa e hija, nunca la gente que amaba estaba con él cuando era necesario y para él la gente que amaba era necesaria siempre. Claro que no iba a decirles *por favor,* cada quien era dueño de hacer o deshacer con su trasero, él no tenía ganas de nada y los otros al parecer sí. En la radio estaba sonando *Rape me*, el tema que escribió sobre un sujeto que viola a una mujer y luego es violado en la cárcel por sus compañeros de celda y siente en ello una liberación y un destino. Él jamás había violado a nadie, sólo era un muchacho que hacía canciones, si las canciones eran ásperas y *sucias* no se debía a la imaginación del muchacho, para saber de dónde habían salido sus canciones bastaba con echar una mirada en derredor, una caminata alrededor de sí mismo era la más horrenda aventura que podía tener cualquier hombre. Él era uno más que exprimían, que tomaban por idiota, y quizá lo fuera, sí, un idiota, un idiota cansado. Sabía que iban a hablar de droga y excesos, de su alocada mujer, del inesperado éxito. Sabía que nunca dirían la verdad, la sencilla y absoluta verdad. ¿Cómo podían saber lo que no sentían? Esa gente: políticos y periodistas, amigos y abogados, curas y ladrones, madres y asesinos. Todos los que comen ilusiones podridas, los que jamás van a saber sobre buques fantasmas y cubos de hielo navegando a medianoche la mente del condenado. La droga y el éxito eran detonantes, el amor un cómplice y estaba lo *otro*, debido a esto último los delfines se reventaban contra las rocas y los cuervos sólo hacían el amor una vez en la vida.

Apagó la radio, escribió una nota para las chicas, sobre todo para la pequeña Frances, era un bebé de lo más dulce, lástima tener que dejarla. Recogió el arma y fue hasta la sala, sintió ruido en la cocina y recordó que había un electricista haciendo reparaciones. Ocultó el arma bajo el sofá y esperó a que el hombre terminara su trabajo. Pensó en Dave, en Novoselic, en Eddy, quizás estuvieran esperando algo así. Recordó las palabras del chico en aquel lejano invierno: *Hey, hey, vas a joderte la crisma si no ves la raya. Tienes la mirada de Jimi, es lo peor que podía pasarte.* ¿Cómo podía saber tanto un chico tan pequeño? La vida debió patearlo desde el primer día como yegua loca. Sólo una cosa malvada, grande y malvada, puede hacer que un chico de diez años sepa todo, la áspera vida se había ensañado con él pero no parecía dispuesto a dejarse romper el trasero. ¿Dónde estaría ese sabelotodo?

Los rostros de Janis, Jim y Jimi pasaron una y otra vez por su mente, del fondo seguía llegando la voz del chico, pudo entender sus palabras más allá de todo concepto, en el hueso mismo, en la rabia. Supo, más que ellos, más que la Madre del Saber, por qué jugaban aquel baloncesto alucinado en pleno invierno: no era porque faltara el balón sino para que *faltara* el balón, para *darse cuenta*, para conocer el fondo del estanque. Aquella locura de baloncesto iba a endurecerlos, quizá cayeran de todos modos pero no serían presa fácil. Su dedo acarició el gatillo y en ese instante tuvo una iluminación. Dejó el arma a un lado y agarró la guitarra invisible. Sus dedos se movieron en el aire quieto de la sala pero no logró sacarle un solo trino de silencio a la guitarra, habían pasado muchos años desde la última vez y no recordaba la técnica. Lo intentó una y otra vez sin resultado, se había hecho tarde también para eso, había pasado la raya sin verla y no podía dar marcha atrás. Por más que aguzara el oído no lograría escuchar la guitarra invisible, simplemente ya no sonaba; el problema no era de oído, era algo más letal, como tener pelos en el corazón. Dejó la guitarra y recogió el arma, estaba fría y real como él. Pensó una vez más en el chico negro, deseó con el alma que al menos ese chico —por lejos que hubiera ido— conservara todavía aquel balón.

CIUDAD INMÓVIL. ABRIL-94
El peor crimen es fingir

Reuter por Martin
EL ROCK LLORA LA MUERTE DEL LÍDER DE
NIRVANA, KURT COBAIN
SEATTLE, ABRIL 9 (Reuter)

Sólo dos veces estuve peor en mi vida: cuando Pambelé perdió por segunda vez el título (la primera vez fue un robo y sentí rabia pero no dolor, sabía que el tal Benítez era un caguetas y así lo demostró cuando lo despojaron por no enfrentar a Pambelé en la acordada revancha) y cuando cierta chica me sacó de su vida para siempre. Kurt no era sólo música y escándalos, para mí representaba otra cosa, algo personal, una alternativa de vida que fracasó. Su exasperante carrera hacia la muerte terminó como todos esperaban y eso me jode. Sé lo que sentía, sí, desde esta cochina ciudad repleta de májaros, lo sabía, siempre lo supe porque también estoy enfermo de *eso*. No sólo es asco por lo bien que trabaja la gente en oficinas y estadios, es el adiós del Hombre, es la aventura humana como un titanic hundiéndose en el espeso océano de la incertidumbre. El cable habla de las sobredosis en Londres y Roma, de peleas maritales, de fama y fastidio. El cadáver todavía está caliente pero los buitres no quieren esperar. Eso le pasa a Cobain y también al panadero de la esquina, a éste lo aplastó un camión de la Coca-Cola S.A. y estuvo tirado ocho horas en el asfalto, rodeado de curiosos. Cada uno tenía su propia versión pero todos estaban de acuerdo en que el panadero tuvo la culpa. Por supuesto que él no hizo aclaraciones ni espantó las moscas, pegado al asfalto parecía no dar importancia a las nimiedades de gente con la que jamás cruzó palabra en vida. Apenas leí lo de Cobain pensé en Ciro, era la única persona en toda Ciudad Inmóvil que podía sentirse como yo.

Nos encontramos en el parque, él ya lo sabía. Compramos una botella y nos fuimos al Ratapeona. Iniciamos con *In bloom*, luego en seguidilla (nadie se opuso) *Lithium, Polly y Territorial pissings*. Es una suerte que Franco, un tatuador italiano de Trieste, se haya establecido en Ciudad Inmóvil y montado este bar. Ornella, la mujer de Franco, es alta y amable. Franco tiene los modales de un estibador borracho. Ciro y él son uña y mugre así que tenemos crédito y libertad de acción. Una pareja de alemanes se nos une. Ciro suelta una sarta de maldiciones y los alemanes ríen. Coreamos las canciones de Kurt hasta quedar roncos. La chica alemana baila frente a mí y de repente me rodea el cuello con sus brazos, pego mi cara contra la de ella y le doy un beso salvaje. Ella trata de zafarse y el tipo me agarra del pelo. Franco interviene y los alemanes se largan. Ciro brinca de una a otra mesa perseguido por Ornella. Miro a la gente moverse entre el humo y grito con todas mis fuerzas. Ciro, montado en la barra, también grita. ¿Qué más se puede hacer? Quizá pegarse un tiro. No lo dimos por descontado.

SEATTLE. MAYO-94
Stay away

La gente de Seattle, como la de cualquier otra ciudad, se entusiasma cuando ve cámaras de TV. Salir por unos segundos en la pantalla es el sueño de más de uno así que el periodista no tuvo que esforzarse para hallar expertos en Kurt. Después de recoger material suficiente fue al estudio y ordenó editar lo más relevante según su criterio. Esa noche Carole Smith —junto a toda la familia Smith— estaba frente a la tele esperando el especial de Kurt Cobain. El programa empezó con el video de la canción *Smells like teen spirit*. Carole tenía apenas trece años y aquella canción era su himno. Después vinieron entrevistas. La madre de Kurt dijo: *Le advertí que no entrara a ese club de estrellas de rock que se matan a los 27 pero Kurt siempre fue testarudo, usted no sabe cuán testarudo era.* Una modelo rubia dijo: *Me acosté un par de veces con él, parecía un chico vulnerable... Era bueno en la cama pero muy callado fuera de ella.* Un anciano de apellido Thompson, que había sido su profesor de literatura dijo: *Era callado, un chico muy callado, sabía que algo así iba a pasarle, uno tiene que hablar si quiere dejar las tinieblas... Espere, todavía no digo todo... Espere, DIABLOS, nadie escucha a los viejos.* Dieron un intempestivo corte a comerciales. Seguro alguien, en el equipo de edición, iba a pasarla pésimo. Volvieron con un video de la canción *All apologies.* El siguiente invitado resultó ser un electricista que había estado haciendo reparaciones en casa de Kurt pocas horas antes de su muerte, fue la última persona que lo vio vivo y la primera que lo vio muerto (había dejado olvidadas unas herramientas y regresó por ellas un par de días después encontrándose con el solitario cadáver. El forense estimó que Kurt había vaciado la carga de un rifle de cacería en su atormentada cabeza cuarenta y ocho horas antes): *Estaba tranquilo, silbando canciones. No parecía tener algo así en mente, era un gran tipo, no parecía una estrella, era como cualquiera. Su música no me gustaba pero él era mejor que su música. Fue increíble encontrarlo después, no podía creerlo.* La madre de Kurt hizo un segundo comentario: *Nunca estuvo conforme, pensé que había cambiado, después de todo no es tan malo ser famoso y ganar mucho dinero. ¿Qué más quería por Dios? Le dije que buscara una buena mujer, ¿por qué rayos no lo hizo?* El siguiente turno fue para un tipo fornido y una mujer de cabello verde, que estaban abrazados. El tipo dijo: *Era blando, se las daba de duro pero conmigo le daban las trece.* La del pelo verde agregó: *Su padre se largó cuando él tenía ocho años, eso lo afectó a tal punto que le inventaba historias de largos viajes y aplazados regresos.* Pasaron otro video y luego habló una mujer llamada Jenny que alguna vez había sido su novia. *No le gustaba la gente y creo que tenía razón, le gustaban la música y el silencio y creo que la perdió entre hoteles y gritos. Sí, perdió la música y no pudo aguantar más. No merecía acabar así* (lágrimas y sollozos), *no lo merecía.* El periodista anunció a Courtney Love, la esposa de Kurt, que leyó apartes de su mensaje final: ... *Estar allí sin emoción, siguiendo la corriente con la lengua de un tonto experimentado, me hace sentir culpable más allá de las palabras porque el peor crimen es fingir.* Ella paró la lectura para decir: *No, Kurt, el peor crimen es irse.* Contuvo las lágrimas y siguió leyendo: ... *El caso es que no puedo engañarte a ti, a mí, a cualquiera de esos... No sería justo. Me gustaría poder apreciar todo esto que tengo pero por alguna razón no es suficiente y lo único que alcanzo a ver es el final del camino.* El llanto de un bebé distrajo a Courtney, era la pequeña Frances Bean, Courtney la tomó en sus brazos y leyó la última frase del mensaje: *Tengo por mujer una diosa que suda ambición y una hija que me recuerda demasiado lo que fui. No aguanto pensar que Frances se convertirá en alguien como yo... Soy un bebé demasiado errático y variable, ya no tengo pasión, así que recuerden que es mejor irse ardiendo que simplemente desvanecerse.* Courtney apretó a Frances contra su pecho. La imagen quedó congelada y sobre ella empezaron a subir los créditos con la canción *Come as you are* de fondo. El padre de Carole dijo: *Matarse no está bien, a Dios no le agrada la gente que hace su trabajo.* La madre de Carole dijo: *Le estaban saliendo las cosas, tenía su carrera y una familia, ¿por qué lo hizo?* Carole dijo: *Se mató por lo mismo que yo me mataría.*

5
CORTO Y PROFUNDA

Desde el primer instante supe que no era una chica corriente, su mente era esquiva y ligera como una pluma cayendo. Tenía agallas de tiburón blanco y paciencia de monje tibetano. Su pudor y asombro al verme aparecer desnudo habían sido dignos de un Oscar. Por desgracia —para ella— no tenía chance conmigo pero iba a darle una lección inolvidable. Le dije al filipino que no quería ser molestado y puse seguro a la puerta. Ella continuaba viendo mi álbum de grandes recuerdos, había dejado su cámara sobre la mesa de noche. Ambos estábamos desnudos y según ella yo debería estar un poco borracho, después de todo me había tomado una docena de martinis, eso era bastante para cualquiera, sólo que yo no era cualquiera. Me tomé un par de tragos más y me tumbé en la cama. Ella me observó de reojo. Fingí quedarme profundamente dormido. La sentí caminar hasta el estéreo y luego la voz de Almeta Speaks invadió la habitación. Era la recopilación *Blues & Spirituals*, mi favorito sin duda. Se sentó en el borde de la cama y dejó pasar un par de canciones antes de echarme una ojeada. Ronqué levemente. La inspección la satisfizo y fue por la cámara. La voz de Almeta apagaba el click de la cámara y ella lo hacía, al igual que el sexo, rápido y suave. Me sacó un montón de fotos en un tiempo brevísimo y volvió al álbum. Parecía una inocente colegiala. Esperé un poco y luego me desperté sobresaltado.

—¡Rayos! Casi me duermo. ¿Vienes a la piscina?
—Me encantaría pero no vine preparada.
—Ferdinand te dará lo necesario, ¿de acuerdo?
—De acuerdo —dijo un tanto contrariada—. ¿Me prestas el baño?

Abrí la puerta y llamé al filipino. Le di instrucciones.
—No tardo —dijo ella.

Nadaba como un pez. Era una chica llena de cualidades y por ende peligrosa. Recordé una frase: *Quien revele a una mujer su potencial secreto será el primer cornudo*. Le dije al filipino que la vigilara y entré en la casa. Fui directo al baño. Si habíamos visto la misma película habría un rollo falso en la cámara y otro escondido tras la tina o..., en el cesto. ¡Bingo! Mala suerte para ella que le gustara el cine de Michael Mann. Fui al estudio y saqué dos rollos nuevos de esa misma marca y con una de mis cámaras hice fotos de las paredes de mi estudio hasta agotar el primer rollo, el segundo lo gasté en mi habitación y el baño. Revisé sus cosas pero no había nada sospechoso. Al parecer le bastaba Michael Mann. Puse uno de los nuevos rollos en el cesto y el otro en la cámara. En el estuche de ésta había dos rollos más, supuse que eran de la entrevista pero para evitar sorpresas los llevé hasta el estudio y traje a cambio un par de rollos que contenían fotos de mis aburridos partidos de golf y cenas intrascendentes con famosos personajes del *jet-set* internacional. Puse el par de rollos en el estuche, ordené sus cosas y volví a la piscina. Ella estaba tendida sobre una toalla tomando los últimos rayos de sol.

La invito a quedarse unos días pero —obvio— no acepta. Tiene un montón de cosas que hacer. Tampoco quiere que la lleve.

Tomará un taxi, le gusta de ese modo. Dice que volverá a visitarme en cuanto pueda. Me da un tibio beso y se aleja por el pasillo. El timbre de seguridad suena.

—La señorita está autorizada para salir, Bob.

—Dios santo, esto es peor que la Casa Blanca —dice ella entre risas que Bob comparte. El sonido de sus tacones se pierde en la distancia

—Es muy bella, señor —dice Bob.

—Tienes buen ojo, Bob.

Pasó una semana sin que tuviese noticias suyas, al parecer se había tomado a pecho su fracaso. Imaginé una vez más su agitación en el cuarto de revelado y la decepcionante suma de esfuerzos. Ni siquiera tenía fotos de la entrevista. Decidí llamarla, era una rata traidora pero me caía bien y, a fin de cuentas, qué mujer hay que no sea una rata traidora. La invité a cenar comida coreana en un restaurante frente al Central Park, allí solía toparme de cuando en cuando con Truman Capote, un tipo jodido pero excelente escritor. Ella se veía radiante con su vestido rojo y el cabello cortado como Liza Minnelli en *Cabaret*. Ordené la consabida botella del mejor vino (lo único que suele tener de mejor es el precio). Ella disertaba sobre los encantos de las culturas, sobre los palitos de los orientales, las pastas de los italianos (que todos saben son de origen chino), los idiomas europeos, la coca-cola, la atmósfera de New York. Me preguntó qué teníamos nosotros, qué podían mostrar los *sudacas* que no fuera cocaína y miseria.

—Mierda —dije—. La más hedionda del planeta.

—Algo es algo —dijo con un gesto burlón que le iba perfecto al color de sus ojos. En el cuello tenía tres pequeños lunares marrones que no recordaba haber visto antes.

—Siento haber dañado tus planes —dije.
—Debí imaginar que habías visto esa película.
—Michael es buen amigo mío, estuve a punto de trabajar en ese film.
—¿En serio? —me gustaba su forma de levantar las cejas—. ¡Cielos! Fui tan estúpida.
—¿Qué ibas a hacer con las fotos?
—Eso es obvio, ¿no?
—No estuviste tan mal.
—Al menos lo disfruté.
—Es bueno saberlo.
—Tú tampoco lo hiciste mal.
—He ganado dos veces la Palma de Oro y un trío de Oscares, debiste tenerlo en cuenta.

Hace un gracioso y delicado saludo oriental con las manos y la cabeza para aceptar mi victoria. Su rostro se inclina hacia mí y me doy cuenta que sus ojos son de otro color.

—¿Por qué me seguiste la corriente?

Pienso la respuesta y digo:

—Es una fábula cuya moraleja dice: *Una mujer no es más lista que un reptil.* ¿Sabes cuántas han tratado de darme esquinazo?
—No tengo idea.
—Muchas —dije—. Eres una chiquilla y espero que aprendas la lección.
—¿Estás enfadado?
—Nunca me enfado.

Nos miramos un instante, tratando de penetrar cada uno los pensamientos del otro, el resultado es un empate y reímos para celebrarlo. Después de cenar la invito a mi casa pero se niega, dice que necesita tiempo pero que me llamará cuando esté lista. La dejo en la entrada de un edificio de apartamentos y espero hasta que le abren. Me lanza un beso que recojo y pongo contra el corazón. Saco el auto del aparcadero y me voy a casa.

Al día siguiente, muy temprano, Ferdinand me trajo un sobre. Lo enviaba la revista *Perro Muerto*. Adentro encontré tres fotos tamaño postal de mi cuerpo desnudo, no estaban mal para haberse tomado con una cámara barata. Las fotos venían acompañadas de una nota escrita a mano, la letra era un alarde de pulso y estilo.

Querido y admirado Rep:
Te recomiendo la última película de Nicole Pierre. No se trata de una fábula, es sólo la historia de una mujer que se mete medio kilo de cocaína prensada en el coño y lo aprieta como si fuera una verga mediana (como la tuya). ¿Sabes cuánta cocaína ha entrado a USA y recorre sus calles de esa forma? Tal vez sea una chiquilla, querido Big Rep, pero tengo mis profundidades.

Con admiración, Susan.

6
BALLENAS DE AGOSTO

EXTERIOR-TARDE
Sufro mucho al saber que no te has muerto

Sé que ahora mismo se la está metiendo, la está sobando, le está abriendo las piernas a 180 grados, le está hundiendo el alma. Sé que ahora mismo la está enganchando y ella no piensa en mí, ella no pide ayuda. Sé que ahora mismo le está mordiendo la punta de las tetas, le está dando lengua, le está chupando la sangre y ella no piensa en mí, ella no quiere llamar a la policía, ella goza. Sé que ahora mismo le está mojando las barbas del chocho, le está rayando el *gallito*, le está dando serenito a mil, ahora mismo, ahora mismo. Sé que ahora mismo está borrándome más y más y ella no se acuerda de mí.

Un día voy a partirle el alma a ese infeliz, voy a partirle el culo, voy a zamparle una banana verde para que sepa cómo duele. Un día voy a comerme a ese perro, voy a meterle un clavo caliente en el jopo, voy a machacar su gordo trasero. Un día voy a comprar un rifle y voy a quebrarle las pelotas a ese malparido, voy a hacerlo padecer como una rata ciega en el cumpleaños de Don Gato, voy a partirle el corazón mil veces, voy a hacer que se coma las chácaras, que trague su propia sangre, voy a reventar su estrecho cerebro de mono.

En ese local que ves allí, sí, al lado de la marquetería. En ese local tuvimos una sala de teatro. Allí soñamos y lo hicimos la primera vez. Éramos un grupo conflictivo pero compacto, todos siguen siendo mis amigos y a ella la perdí. Víctor se casó, Cueto fue abandonado por Teresa (ella se fue a París y se enamoró de un francés), Pollo vive en Bogotá y pronto va a casarse. Yo escribía las obras. Una vez ella consiguió cincuenta sillas para una presentación, estaba radiante y la obra no estuvo mal. Se llamaba *A media Voz* pero la dejé tirada en algún lado. Perdí la obra, la perdí a ella, perdí el sentido y el deseo.

No siempre fui bueno con ella, más bien era un hijoputa. La amaba tanto y no sabía qué hacer. En vez de darle lo que sentía, de llenarla con ese áspero amor, me lo tragaba. Es algo que todavía no entiendo: su amor me llegaba fácil, en cambio el mío no fluía hacia ella. Creo que su amor reprimía el mío. Ella y su amor formaban una sustancia espesa y mi amor y yo nos quedábamos atascados, entonces me volvía una furia y ella no podía entenderlo. La traté mal muchas veces porque estaba desesperado pero la quería más que a mi vida y cuando ella se fue mi vida se apagó.

Cuando supe que nunca más iba a tenerla, enloquecí: *Antes que pase un segundo habrás muerto cien mil veces*, dice una frase del Corán y yo tuve que vivirla. No había dejado de amarme pero su amor estaba enfermo y no soportaba mi presencia. Vi todo el dolor en sus ojos, todas mis traiciones y mentiras, yo era la persona entre ella y yo, el rival imposible. Entonces, cuando ya no importaba, estalló mi amor: su amor enfermo no hacía resistencia y el mío fue hacia ella como un rayo pero ella estaba cerrada. Y mi amor se quedó conmigo y hubo gotas de sangre en mi silencio. Ella se alejó y yo entré al cuarto frío, el menos florido de todos los manicomios, y todavía no salgo.

Como no tengo a quién odiar lo odio a él, como no hay culpable lo culpo a él, como no hay enemigo le convierto a él en enemigo. Mi amor es sobrenatural, un pecado sin Dios, una telenovela sin fin, un nuevo comercial de margarina. Como a quien debo matar es a mí, mato el amor. Como soy el incendiario, el innombrable, lo nombro a él. Como no he podido explicarle a ella cuánto la amo, se lo explico al mundo.

INTERIOR-NOCHE
Música de Nirvana

Vivo entre el sueño y la realidad, sueño que soy *Big* Rep, una estrella del cine y el arte, que vivo en New York y concedo mil entrevistas por día, que tengo un sirviente filipino y una mansión de 57 habitaciones, que las mujeres se arrastran por mí, que hago lo que quiero y digo lo que siento. Sueño que soy íntimo de Sean Penn, Wim Wenders y Mónica Huppert. Sueño que juego en el Barcelona F.C., que hago dupla en el ataque con Romario, que soy mejor que él. Sueño que cierta chica no se ha ido, que puedo verla cuando quiera, que no se ha casado con un bicho, que no ha pasado el tiempo, que no tengo veintipico años y las manos vacías, que ella está allí, en la misma esquina de siempre. Sueño que estoy en el Oeste, que juego póquer con peligrosos tahúres, que soy más rápido que Wild Bill Hickcok y Wyatt Earp juntos, que me enfrento a seis famosos pistoleros y, sin levantarme de la mesa, le meto un tiro entre las cejas a cada uno y sigo la partida, que nadie puede ganarme a las cartas. Sueño que no soy yo.

La realidad es que no me va tan mal como quisiera, que tengo mi propia habitación y una madre comprensiva. También tres hermanos, una linda sobrina y un perro. La realidad es que Toba tiene el cabello corto otra vez, que trabaja en publicidad y sigue añorando a Betty cuando se emborracha. Ciro vive a dos cuadras de aquí, tiene su propia habitación y una familia más complicada que la mía. Su padre debe ser musulmán. Ciro pinta cuadros sobre ratas y carniceros y también tiene un amor secreto que aflora cuando está borracho. Solemos reunirnos en la cafetería de Miss Blanché o en el parque que hay frente a la Escuela de Artes. La Escuela no es más que un enorme orinal repleto de resecas secretarias e inocuos profesores. Ciro estudió allí una temporada. Todos nosotros hacemos lo que se puede y lo que se puede es muy poco. Jota es casado, a veces se pierde por semanas y luego aparece con dinero y raras historias. Jota acaba de publicar un libro de fábulas, aprendí de memoria una titulada *El valor de la termita* y se la conté a Laura Elisa (mi sobrina de cuatro años): *Una zorra y su lobo discuten acerca del valor del gusano y la termita. La zorra sostiene que la termita es más fuerte y decidida. El lobo apuesta por la inteligencia y humildad del gusano. El lobo dice: El gusano es sabio porque come hojas blandas. La zorra dice: La termita es valiente porque muerde el duro tronco. La zorra pregunta irónica: ¿Cuánto tiempo necesita un gusano para acabar una hoja? El lobo responde arrogante: El mismo que gasta la termita para horadar un madero. La zorra dice: Aunque el gusano coma todas las hojas de cada árbol, el bosque seguirá en pie. El lobo dice inquieto: Si la termita destruye cada tronco no tendremos dónde ocultarnos del cazador. La zorra pregunta asustada: ¿Cuánto crees que le tome a la termita devorar el bosque?* A Laura Elisa no pareció intrigarla la suerte del bosque, lo único que quiso saber era por qué un lobo (en vez de estar con su loba) estaba con una zorra.

—Quizá la loba se quedó limpiando la casa —dije.

Entonces ella, con su perspicacia de apenas cuatro añitos, agregó:

—Porque la loba sí es decente.

Hace algunos años publiqué una novela pero no pasó gran cosa. Fran trabaja con la alcaldía porque su padre murió y ya no puede quedarse echado. Fran va a publicar un libro de cuentos llamado *Límites* (ese título resume la historia de nuestra experiencia vital). La razón por la que nos reunimos es la bebida. Fran siempre sabe dónde habrá un coctel y la calidad del mismo (Alonso lo llama *Cocktailman*). También es hábil para conseguir *mecenas*.

Lo que me irrita es pensar que están atorando a cierta chica, que le están dando con todo, que le quieren tumbar la estantería, y ella lo disfruta. Toba en cambio piensa que cuando le sacan chispas a Betty ella se pone triste y piensa en él. Toba y yo solemos martirizarnos mutuamente describiendo en detalle la forma como atoran a nuestros amores perdidos. Lo que me irrita es no habérmela atorado dos mil veces más. Fran anda con Bibiana y se ve muy contento. Ciro no cree en el amor, siempre está haciendo pronósticos oscuros al respecto. Creo que Ciro ama a R y le tiene miedo a ese amor (algo muy inteligente de su parte). R no asoma mucho el pico por estos lados, ella vive en una ciudad más hedionda que ésta (si acaso eso es posible). Toni era el novio de Martha y ahora ella anda con Harold. Toni escribió un montón de poemas para Martha pero de todas formas ella lo dejó. Harold también ha escrito poemas, lo hizo antes de conocer a Martha. No eran poemas de amor (eran en serio). Toni pronto será abogado. Harold es abogado desde hace tiempo y es bueno. Toni jamás será tan buen abogado como Harold. Toba asegura que abogados y policías tienen siete grados menos que la mierda. Los poemas de Harold son mejores que los de Toni. Toni es mejor fotógrafo que Harold porque Harold no es fotógrafo. Policías y abogados hacen pareja perfecta en los secuestros de objetos por causa de embargo. Una vez vi cómo sacaban, entre un abogado y su policía, el viejo televisor de una humilde casa. La hazaña reside en que al televisor iban pegados dos niños pequeños y fue imposible quitarlos de allí así que lo arrojaron dentro del camión con todo y niños.

Las mujeres aman por reflejo y por eso se ven vulgares. El amor de la mujer está ligado al sexo, a pequeñas y crueles mentiras, a mugre y tele y más mugre. Si te burlas de ella (o le das una paliza por dañar tu mejor par de pantalones) su respuesta habitual es negarte el sexo. Los hombres son elegantes cuando aman como hombres, los hombres que aman como mujeres se ven mil veces más vulgares que éstas. La mujer que ama como hombre no se ve mal. El hombre que ama como mujer termina echando moco en algún sucio motel de frontera. Todo hombre ama como mujer la primera vez. Martha y Toni parecían quererse mucho pero con las mujeres nunca se sabe. Un majareta es el hombre que ama siempre como mujer. La mujer ama por reflejo y si no le sacudes el trasero lo suficiente, en cuanto tenga chance, se lo dará al vecino. Toni habla de irse a Bogotá. Todos nosotros cuando estamos podridos por algo (el *algo* de siempre) hablamos de viajar a Bogotá. En Bogotá no pasa nada extraordinario pero la distancia ayuda. Uno llega a Bogotá, se mete en un bar de intelectuales y la monta de artista marginal. Si tienes buena carreta puedes conseguir ron, un hoyo donde pasar la noche y mujer. A Toba le partieron el corazón en Bogotá pero no coge escarmiento. El papá de Toni vive en alguna parte de Bogotá, Toni no lo conoce y quiere hablar con él para ordenar sus recuerdos (y sacarle algo de dinero). Harold y Martha parecen quererse mucho. Bibiana y Fran también. Todos los enamorados parecen quererse mucho.

EXTERIOR-AMANECER
Que sufra mucho pero que no muera

Saber que sólo yo y el que ahora es su marido hemos atorado a cierta chica no me tranquiliza, quizá fuese mejor pensar en un número indefinido de amantes, así no tendría una sola y fea cara en mis pesadillas. A veces pienso que ya no amo a cierta chica, que ese amor ha muerto, pero cada amanecer pequeñas y voraces criaturas chupan mi corazón. Si ella hubiese tenido muchos amoríos sería más fácil olvidarla pero se empecina en ser la mujer ideal, mi amor perfecto. Como no encuentro manera de pringar su recuerdo, su recuerdo me pringa a mí. Ese es el axioma: entre dos siempre hay uno que apesta.

Uno quisiera que las personas fueran como uno imagina que son, uno se empeña en hacer de las personas lo que uno quiere que sean. Es lo que me emputa de la literatura literaria, en ésta los personajes son rígidos y deambulan por la trama como tarritos de conservas por los rieles de una fábrica: si se portan bien lo hacen de una forma cuadrada. Si son malos actúan perfectamente mal. Si son buenos y malos —a un tiempo— tienen una forma inequívoca de serlo. Así pretende hacer uno con las personas, convertirlas en personajes que *deben* actuar a nuestro antojo. Así quise hacer con cierta chica. Durante años creí tener el control y le bastó un instante para dejarme perplejo. Su vida giró en una dirección inesperada y la mía se partió en mil pedazos.

Las personas bajan del autobús y corren hacia sus casas porque necesitan entrar al baño con urgencia. Las personas saben que pueden aguantar esos doscientos metros y lo hacen. Tocan con violencia la puerta y deben *hacerse* en los pantalones porque nadie les abre, porque quien debía estar en casa no está y eso no lo habían previsto las personas.

¿Qué tipo, por duro y eficaz que sea, no se *ha hecho* alguna vez en los pantalones? El amor golpea más fuerte que Tyson, se mueve mejor que Alí, es más rápido que Ben Johnson dopado. Aunque calces 48, el amor puede tirarte al piso y hacerte rodar hasta que no quede un pelo en tu trasero. Para que te *hagas* en los pantalones al amor le basta un suspiro. Sé que hay gente por ahí con buenos dientes y otros envidiarían a un gusano. Hay gente que nunca tiene granos en la cara, hay gente que gana todas las apuestas: eso ayuda pero no es suficiente. Muchos de mis amigos han sido más cerdos que yo con sus mujeres y ellas siguen allí, comiendo el trasnochado arrocito chino. No quisiera tener niños con cierta chica ni saberla pegada a mí. Me gustaría hacer un viaje con ella, a Brasil quizá. Y besarla, y darle sacudidas, de vez en cuando.

A ciertos tipos les cuesta respetar a sus mujeres porque antes de enamorarse de ellos tuvieron amoríos con alguien que ellos desprecian. Parece tonto pero eso jode. Ellos no pueden aceptar que ellas hayan salido y dado su cuerpo a sujetos cuya inferioridad pregonan. L siempre se queja porque T salió con F. T le dice que eso está olvidado, que no tiene importancia. L piensa que T y otra gente lo comparan con F y para él F es pescado podrido. Pienso que L suele sentirse pescado podrido y no lo aguanta. Según él, T debió escoger mejor al tipo que debía antecederlo. Cuando el tipo anterior es bien plantado la cosa empeora, el actual lo siente como una amenaza y tiembla cada vez que ella lo menciona. Los hombres sueñan con ser el primer y único amante de la mujer que aman. Las mujeres dicen que el último puede cantar victoria. Mamasabia opina que nadie puede estar seguro de ser el primero y eso también vale para el último.

Me gusta trotar cada mañana porque afloja la tristeza. Cuando sueño con cierta chica lo sé aunque no lo recuerde. La sensación de ausencia en el pecho me lo dice. Trotar ayuda, por eso hay tanta gente trotando al amanecer.

INTERIOR-NOCHE
Sexo, droga y rock and roll

El bar está repleto. Los extranjeros hieden a gallina ahumada, las chicas a perfume de puta, las putas a semen de gallina ahumada. Toba se ha quitado la camisa y alza los brazos en medio de la pista. Ciro está con él. Toba es alto y flaco pero tiene su gracia. Su acostumbrado mantra atraviesa la música por un instante:

—*Antiguos espíritus del mal, transformen este cuerpo, decadente y mísero, en Toba, El Inmortal.*

Ciro lo baña en cerveza y Olga lo besa en la boca, un beso largo y hondo. Toba está en la gloria. Los extranjeros observan y fuman marihuana, en el baño hay agite, debe haber al menos mil personas allí. Me muevo de un lado a otro como un tigre. Hay tensión, hay velocidad, hay muerte. Pedro Blas sale del baño con una expresión maléfica y se une al *club* de Toba. Pedro escribió hace poco un poema la verga sobre Mónica (una argentina con la que viví en Bogotá). El poema habla de amor y violencia, de irse a México en un auto rojo y matar policías. Se necesitan cojones para escribir así. Siempre sospeché (a pesar de sus juramentos) que Pedro le había espichado el buche a Mónica. Nunca hablé del asunto con Pedro pero aquel poema era la prueba final. Sólo que ya me daba lo mismo que Pedro o cien tractomulas hubieran espichado a Mónica, su coño ahora me era tan abstracto como el de una liendre. Jota parece un vaquero, se ha rapado del todo y se ve amenazador. Ponen The Doors y me uno al corro. Alonso fuma un *bareto* en el balcón. Fran viene a la pista con nosotros. Mario tiene una botella de whisky en la mano, me pasa la botella, bebo un largo trago y la hago circular; la botella vuelve a Mario casi vacía.

—¡Hey, Rep! Van a cascar al Gnomo.

Miro hacia el balcón. Un par de negros tienen encuellado a Alonso. Ciro y yo vamos por ellos. La batalla se extiende. Es una pelea pareja: todo el bar contra el par de negros. Voy por la tapa del inodoro y se la parto en la cabeza a un negro, que cae como mango podrido. Margaret grita detrás de la barra. Olga también pelea. La sirena de una patrulla pone en fuga a todo el bar.

Dos horas después estamos de nuevo en la pista. Alonso no sabe qué ocurrió, él no se ha movido del balcón en toda la noche. The Doors está sonando una vez más.

Tenemos una vida simple, son sólo dos movimientos: mirar el cielo raso y estar en el bar. A veces tenemos dinero y podemos tener un bar en la habitación. Ciro trae casetes, compramos dos botellas y nos tiramos en el piso, cada uno con su botella y su pedazo de cielo raso. Podemos escuchar la misma canción durante horas. Ciro graba esa canción única por las dos caras de un casete. Una vez cogió el tema con *November rain*, la escuchamos cincuenta y cuatro veces seguidas. Después supe que era su canción con R, la canción que ellos compartían. Como hay muy poco que hacer, no hacemos nada.

A veces hay mujeres, las mujeres son lindas por un rato. Cuando estoy enamorado de una mujer, trato de verla lo menos posible; no me enamoro con facilidad, así que cuando pasa procuro que dure. Quisiera amar otra vez, darle lo mejor de mí a una chica. Lo malo es que no sé qué es lo mejor de mí, no estoy seguro que haya algo *mejor* en mí. A mí me gustan las mujeres bellas, calladas y con buen gusto para escoger su ropa. Hoy en día las mujeres no tienen idea de lo que es vestirse, la mayoría parecen sirvientas en su día libre. Cierta chica no se vestía bien pero era demasiado bella como para que eso pudiera afectarla. Tenía preciosas piernas y era tímida en extremo. La verdad es que he conocido mujeres bellas (también algunos monstruos) y también mujeres que sabían verse bellas. He sido amado con demencia, como no tienes idea, he sentido el amor de bellas mujeres sobre mí como un infierno, he tenido mujeres que lo han dado todo por mí, incluyendo a cierta chica. Puedo aceptar que fui un cerdo con cierta chica pero con otras logré ser franco y suave, entonces, cuando las cosas parecían funcionar, aparecía el fantasma de cierta chica y lo echaba a perder. Una mujer soporta todo del hombre que ama menos que le hable todo el tiempo de un amor inolvidable. El lío es que cuando tienes un fantasma lo único que deseas es hablar de ello a todas las mujeres que seduces. ¿Por qué? No lo sé. Es una cosa maligna, una manera de herir y seguir siendo abandonado.

Toba, el poco ingenioso *quijote,* está tirado en un rincón maldiciendo a una imaginaria y nada *dulcinea* Betty. Mario trata de levantarlo y Toba se emputa. Forcejean. Mario lo deja y Toba, con la vista perdida, sigue desafiando los molinos de viento:

—Negra malparida, lo único que quieres es esto (se agarra el sexo), quieres esto siete mil veces al día. ¿Es lo que quieres, eh? ¡PERRA!

Entre Ciro y yo lo levantamos.

—Camina, chuchafloja —dice Mario.

Mario vive cerca de Toba y quiere darle el aventón. Toba anuncia vómito. Lo arrastramos hasta el baño y le dejamos la cabeza metida en el inodoro. Cuando Toba termina lo llevamos abajo. Mario para un taxi y se van. Ciro y yo subimos. La *flor* está muriendo y es mejor irse antes que empiecen los rezos. Alonso nos acompaña. Las solitarias calles brillan por la llovizna.

INTERIOR-NOCHE
Música de Alan Price

Sarah Weber tiene noventa y siete años, sabe que va a morir y lo único que le pide a Dios es que le permita aguantar hasta agosto para ver por última vez a las ballenas. Ella está segura que vendrán a despedirse haciendo piruetas frente a su casa. Los habitantes de la isla dicen que Sarah está loca porque no quiere internarse en un hospital a pesar de la promesa hecha por los médicos de alargarle la vida cinco años más. Su hermana Libby, dos años menor que Sarah, lleva ocho meses sobreviviendo en un hospital y le envía cartas a Sarah pidiéndole que se interne.

—No me interesa romper ningún récord —dice Sarah—. Lo único que deseo es ver las ballenas una vez más.

—Pero tía...

—Nada de peros, Harry. ¿Acaso soy una tortuga?

El sobrino de Sarah tiene ocho años y ha apostado sus ahorros con Frank. Frank es el nieto de Amy, otra anciana de la isla. Cada chico sostiene que su anciana vivirá más tiempo. Harry tenía mucha confianza en Sarah pero debido a sus últimos quebrantos de salud ha empezado a preocuparse. Harry pensaba comprar una colección de peces de colores con el dinero de la apuesta. Sarah es terca, Harry le ha dicho que si pasa de los cien años será incluida en un libro de récords y la invitarán a Japón por una semana con todos los gastos pagos, quizá hasta le permitan conocer al emperador. Sarah se mantiene en sus trece.

—El mundo te recordará por siempre —dice Harry.
—Me importa un comino el mundo —dice Sarah.
—Eres una vieja terca —dice Harry.
—Y tú un chico tonto —dice Sarah.

Para desviar a Harry de su objetivo, Sarah le cuenta la historia de un hombre que ansiaba ser único. Movido por su afán el hombre se dio a la tarea de eliminar a todos los otros seres del planeta. Al cabo de mil años completó su empresa y se paseó solitario por aquel mundo vacío. Sin embargo algo lo tenía descontento: su sombra seguía allí y eso significaba que todavía no era único. El hombre entonces se ocultó detrás de una roca y cuando su sombra estaba mirando hacia otro lado, le asestó setenta puñaladas. Estaba dichoso, al fin había logrado ser único y absoluto. Lo malo fue que descuidó las heridas y al poco tiempo murió de tétano.

En agosto llegaron las ballenas y Sarah pudo admirarlas en todo su esplendor. Cuando las ballenas se fueron se puso muy triste. Harry se le acercó, traía unas mentas y las compartió con ella. Por más que le rogó, Sarah no quiso contarle ninguna historia.

—¿Qué te pasa, Sarah?

—No sé, Harry.

—Ya viste las ballenas —dice Harry con los ojos húmedos—. Es lo que querías, ¿no?

—Sí, y doy gracias a Dios por ello.

—¿Entonces?

—Oh, Harry, cariño, no lo entenderías.

—Yo sé lo que te pasa, Sarah —dice Harry y se limpia las lágrimas con el dorso de la mano—. Lo sé y también tengo miedo.

—¿Qué es lo que sabes, cariño?

—Por favor, Sarah, no llores.

—No estoy llorando.

Harry la abraza y sus lágrimas se confunden.

—¿Quieres ver las ballenas el próximo año por última vez, verdad?

—Sí, cariño, sólo una vez más.

—Y ya sé cómo se llama tu ballena favorita, la que más deseas ver.

Los sollozos son cada vez más intensos. El niño aprieta a la anciana como si temiese perderla en el aire.

—¿Cómo se llama, cariño?

—Tiene ocho años y se llama Harry.

INTERIOR-NOCHE
Soy el Rey Reptil, soy el dedo que te meterán por el culo

Lindsay Anderson hizo una película llamada *Ballenas de agosto*. Usé el mismo título para un guión que escribí. Si Lindsay conociese mi guión haría otra película y quizá la llamaría *Ballenas de agosto II*. La película de Lindsay trata de la relación entre dos ancianas que esperan la muerte (Bette Davis y Lilian Gish están fascinantes). Mi guión trata de la relación entre una anciana y un niño que quiere ganar una apuesta. Lo grave es que Lindsay vive en USA y yo en el *culo de la mula*. Me gustaría hacer esa película pero no tengo forma y darle el guión a uno de esos directores memos de aquí sería un crimen, ellos no saben nada sobre la belleza, son buenos para el popó y por desgracia no tengo guiones sobre el popó. En este país nadie ha hecho una película que valga un forúnculo, no me interesan los premios que ganen, también he ganado premios con un montón de basura. La mayoría de premios no pasan de ser pescado podrido para la foca graciosa. El artista siente asco, el chiflajopo se infla como un cadáver de tres días que flota en un estanque.

Las telenovelas no son cursis porque traten del amor sino porque lo hacen desde el punto de vista de las sirvientas. El amor desde el punto de vista masculino no funciona en la tele, sería más aburrido que un programa de opinión. Quien mejor hace telenovelas aquí es Jorge Barón, si las escribiese él mismo serían insuperables. Los otros me fastidian con sus reelaborados folletines gringos repletos de diálogos arribistas y esnobismo trasnochado. Cháchara sonsa de pareja en crisis y más y más lugares comunes vistos en *Dallas* y *Dinastía* que no encajan con el paisaje adyacente. Deberían contratarlos como trabajadoras sociales y dejarle esos espacios a Jorge Barón. El fuerte de Fernando Gaitán, otro mandril pretencioso, son el costumbrismo refrito, el chiste y la ramplonería. Donde todos son iguales es en los programas de humor, no hacen funcionar ni las risas grabadas. La única cosa en la que detestaría reencarnar sería en esposa o hijo de algún memo de esos. Amén.

Como toda persona tiene una sirvienta adentro, y toda sirvienta es en cierta forma una persona, las telenovelas siguen vigentes. México y Venezuela encabezan la lista de exportadores. La fórmula no cambia: muchacha pobre ama a muchacho rico que resulta siendo pobre porque la dueña de todo es ella. Enfermedades incurables que se curan, secretos guardados mil años que se revelan, infidelidad, celos, envidia, odio y un amor que triunfa contra todos los pronósticos. La historia tiene cien caras distintas pero su fondo permanece. El sueño de las sirvientas sigue intacto.

Los chiflajopos fracasados del cine (con o sin premios) le meten una que otra vez el diente a las telenovelas pero ellas sobreviven, no importa cuánta chatarra intelectual pretendan inocularle, el *rating* manda y las sirvientas (bajo cualquier forma: secretaria, ama de casa, primera dama, jugador de fútbol, escritor famoso, taxista, etc.) son el *rating*.

La inteligencia y el amor no hacen liga. El amor es tonto. El amor sólo es inteligente en abstracto. Si un hombre quiere ser elegante y lúcido al amar a una mujer debe hacerlo en abstracto. Las telenovelas no pueden ser abstractas y todos deberíamos aprender un poco de Jorge Barón. La *Divina Comedia* es un ejemplo de telenovela que produce el amor abstracto. El *rating* no permite esas libertades.

Un hombre jamás debe matar lo real sino lo abstracto. Debe matar sus malos sueños y un amor asesino que lo jode. Matar a un hombre porque tu mujer se fue con él es convertirte en chiflajopo. Un chochito blando y peludo no justifica un cadáver. El amor es personal, incumbe al que lo siente. Es bueno estar con quien amamos pero eso no significa que ella sienta nuestro amor, significa que quizá nos ama. Uno siente calor, fatiga, sueño. UNO. Nadie siente el calor, sueño o fatiga de otro. Dos jamás harán uno: eso sólo sirve para vender tarjetas el día de San Valentín y punto. El amor que siento me hiere a mí, para cierta chica no existe. Quiero matar ese amor porque es inútil, porque no puede tocarla ni hacer que su vida extrañe la mía. No importa cuán lejos o cerca se encuentre de mí, la magia acabó. Si estuviese aquí seguiría siendo hermética y ajena como una tumba sin nombre. El amor está encerrado, un amor así es más criminal y feroz que un amor muerto.

Los animales matan por sobrevivir. El hombre mata por nimiedades. Tener miedo al ridículo es una nimiedad del hombre. Un hombre sale de la fila del cinema y mata. Hay dos versiones: una dice que alguien pisó al hombre, otra que le agarraron el trasero a su mujer. De las dos la segunda me parece más infame. Así como el hombre defiende sus zapatos, la mujer debe defender su trasero. Cualquiera puede disparar un arma. Oswald mató a JFK mientras se comía una hamburguesa. Cuando la policía entró al edificio todavía Oswald estaba comiendo y nadie lo detuvo porque no imaginaron que un tipo que comía hamburguesa con coca-cola acabara de matar al presidente de USA. Si una mujer se queja porque le cogieron el trasero es mejor golpear a la mujer. Si tu hijo viene y te dice que otro chico le agarró el trasero, ¿qué haces? Pegarle a la mujer es más seguro e inteligente, algo que recordarás con una sonrisa. Si te haces matar por ella, si te parten los huesos, un día lo recordarás con amargura. El chochito que hoy es tuyo mañana puede ser de tu enemigo. Si una mujer no defiende su trasero es porque no le conviene. Un hombre que mata por no pasar de idiota olvida que matar es la mayor idiotez, a menos que seas asesino profesional o policía.

Las telenovelas y la vida tratan de lo mismo pero en la tele todo se acomoda y los finales son una fiesta. La vida suele ser menos tortuosa y exasperante que la tele pero no acaba con una fiesta. Las telenovelas que tratan de la vida sin ahondar en sus pormenores son agradables. Las otras, que pretenden esculcar y descifrar lo que hay en lo profundo de cada acto, son caca de gallina. Jorge Barón lo hace bien. Los demás parecen tener un enorme gallinero. La vida es más real e insoportable al mediodía, por fortuna las telenovelas de esa franja son de lo mejor.

INTERIOR-NOCHE
Bajo mi pulgar está una chica que una vez me tenía abatido

Mónica vive en un bonito apartamento al norte de Bogotá y quiere que me vaya a vivir con ella, pero no acepto y ella se cabrea y quiere que me vaya al demonio pero no acepto. La mitad de mi vida (que empieza donde acaba cierta chica) me la he pasado saltando entre Ciudad Inmóvil y Bogotá, a veces he traído a mis compinches pero la lluvia fría y el cielo gris no son para ellos. Ciro aguantó una larga temporada y la pasamos bien. Bogotá ha sido mi *sueño americano* pero siempre regreso a Ciudad Inmóvil. A mí no me jode el frío, no me jode la lluvia, no me jode el cielo gris. Estoy hecho de una extraña madera. El calor tampoco me jode pero me resulta miserable. El calor es bueno cuando tienes yate y un hotel cinco estrellas. Si tienes que dar clases en un colegio de las afueras y cruzar la ciudad al mediodía en un autobús repleto, no va a gustarte el calor. Cuando sólo tenía a Ciudad Inmóvil, me acosaba el ansia y llegué a odiar mucho sus hediondas murallas y sus rancios balcones. Venir a Bogotá cambió mi perspectiva y le cogí ese *cariño* del que habla el *Tuerto*

López. Ciudad Inmóvil se convirtió en mi ilusión de fin de año, en un lugar de paso. Podía ir, disfrutarla un rato y largarme. Justo como a una puta. Y eso es Ciudad Inmóvil. Cuando no eres nadie ni lo pretendes Bogotá es el lugar correcto. En Ciudad Inmóvil tampoco soy nadie pero hay demasiada gente que lo sabe. Mónica dice que no la vuelva a llamar pero no acepto.

Es fácil decir que uno no es nadie cuando se piensa lo contrario. Estar pagado de los fracasos es un rasgo típico de los cáncer. Pero he hecho un par de cosas y sé que algo se mueve todavía. En Bogotá también tengo compinches pero los veo poco. La ciudad es grande y hay mucho espacio para perderse, aquí nadie se pega todo el tiempo a nadie porque le robaría el calor y terminarían todos congelados. En Ciudad Inmóvil la gente tiende a ser chismosa y aspaventera pero se ufanan de ser, a diferencia de los cachacos, abiertos y francos. Creo que confunden los gritos y el hablar paja con la sinceridad. Quizá sea el frío lo que hace parcos y egoístas a los andinos pero los prefiero así. Al menos ellos no gastan su energía como idiotas, no tratan de ser simpáticos ante el primer extraño que llega, no mueven el rabo por migajas. Si un extraño aparece su primer impulso es desconfiar. Me gusta aquí pero nací en Ciudad Inmóvil y eso cuenta. Mónica es argentina y también detesta a los bogotanos pero la verdad no conozco muchos, la mayoría de gente que anda por ahí llegó de otra parte. Mónica es dulce y suave: su seseo bonaerense y su cuerpo bonaerense y su churrasco bonaerense me traman. Pero como todo lo dulce y suave, y lo *demasiado bonaerense,* llega a un punto insoportable.

El apartamento de Mónica es grande y acogedor. El mío es pequeño y la ventanita del cuarto da a la pared de otro edificio. ¿Por qué no aceptar la propuesta de Mónica? Podría pensar en varias razones pero no puedo ocultar que la más importante es cierta chica. Para mí mudarme con Mónica es como renunciar del todo a cierta chica. Sé que suena loco, sé que cierta chica y yo no tenemos posibilidad alguna pero no quiero matar ese imposible y me parece que irme a vivir con Mónica es ponerle el epitafio. Cuando uno pulsa una cuerda de guitarra ésta sigue vibrando por un tiempo y luego vibra el silencio y es difícil saber cuándo deja de vibrar el silencio. A veces creo que cierta chica ha dejado de vibrar pero entre más me alejo más fuerte es su silencio. Mónica me dice que lo piense pero no lo acepto. Sé que Mónica va a insistir un poco más y luego va a dejarme pero eso me importa un pepino. Ella no puede meterme miedo con sus amenazas. Lo que en verdad me asusta es saber que sus amenazas me importan un pepino. Abro la ventanita y trato de imaginar cómo sería la vida con Mónica. La pared del edificio vecino está sucia de hollín, un gato asoma la cabeza por el saliente de un extractor de humo. Miro los ojos del solitario gato y siento el frío de Bogotá entrando en mis huesos, como el recuerdo de cierta chica.

Nunca voy a pensar que estoy del todo en Bogotá y tampoco regresaré a Ciudad Inmóvil para quedarme. Una y otra son una sola en mí y mientras pueda saltar entre ellas tendré una coartada. En Ciudad Inmóvil pensarán que busco algo y que quizá lo encuentre algún día. En Bogotá, por fortuna, nadie piensa en mí, a nadie le importa un carajo lo que haga.

EXTERIOR-TARDE
Música de Grateful Dead

Llevo más de media hora sentado aquí esperando que alguna chica linda se siente a mi lado para meterle conversación. Carlos está en la otra banca tocando baladas en su vieja guitarra. Entonces, en vez de llegar la hermosa chica del atardecer, se aplasta a mi lado una gorda de lo más inmunda. Las tetas se le salen por los costados, su trasero se escurre por toda la banca y su cara parece un guante de boxeo. Odio las mujeres feas. En mi larga vida de reptil le he hundido los pelos a más de una babosa por extrema necesidad pero a ninguna tan fea como ésta, es aún más fea que mi trasero. Me escupo en las manos y juego con la saliva pero no surte efecto, mi cochinada en vez de espantarla la divierte. Carlos, guitarra al hombro, se acerca y saluda de beso a la gorda. Carlos tiene el funesto don de conocer a las tipas más indeseables de Ciudad Inmóvil. La gorda resulta ser pianista, eso me cabrea más, para mí las pianistas deben ser bellas, como la amiga de Toni o Leslie Ash.

—Carlos, ¿has visto *Ballenas de agosto*?
—No.

—Ya no tienes que ir —digo.
Carlos aguanta la risa. La gorda me mira con interés.
—¿Es una película? —pregunta ella.
—Algo así —digo.
—Me gustan las ballenas —dice ella—. ¿A ti no?
—En el océano me encantan —digo.
Carlos trata de dominar la risa.
—¿Es una comedia? —pregunta ella.
Imagino su pequeño cerebro atrapado bajo un alud de copitos verdes.
—Al contrario —digo—. Es una película triste.
—¿Por qué ríen entonces?

Ser cruel y pesado con la gente no es bueno pero calma los nervios. A uno también lo joden y así va la vida. Si cierta chica engordara treinta kilos dejaría de añorarla pero la memoria la hace cada vez más linda, pule sus rasgos con infinita ternura y borra los detalles adversos. Cuando somos crueles con los semejantes no pensamos en su dolor, pensar en el dolor ajeno es malo para los nervios. Nada hay más importante que el propio dolor pero quizá cierta chica también sufre al saber que, a fin de cuentas, la amaba más de lo que creyó siempre.

Cuando dejé Ciudad Inmóvil por primera vez (había ganado una beca de seis meses para hacer un curso de cine en Bogotá) prometí llevarla conmigo y luego hubo líos y no pude o no quise. Me bastaba con hablarle cinco minutos por teléfono, cada dos noches, desde mi habitación de hotel. Estaba deslumbrado por mi repentino cambio de vida y no capté cómo se diluía su voz llamada tras llamada. Al principio insistía en la posibilidad de venir y yo siempre encontraba la forma de matar su entusiasmo. Me gustaba estar solo en aquella ciudad de nadie, me gustaba aventurarme por allí sin rendir cuentas. Una vez me escribió pidiéndome regresar enseguida, era una carta desesperada, llena de dolor y rabia y ganas de morir. En lugar de tomar el primer avión hacia ella, de tomarla en serio, fui a un café y disfruté saber cuánto me amaba. Ni un segundo pensé en su angustia, en cómo debió sentirse para escribir algo así. No, era el Rey Reptil, el amo de las mujeres. ¿Cómo se puede ser tan imbécil? No lo sabré jamás ni me importa. ¿Qué objeto tiene saber algo si ella no estará conmigo?

Hacía y deshacía mundos para ella. Aceptaba mis palabras y actos sin oponer resistencia. Era dócil y confiada como una mascota. Pensé que podía hacer lo que quisiera, que ella jamás iba a reaccionar. ERROR. Mientras estuve a su lado nada pasó. Mataba sus dudas como si fueran moscas. Apenas dejé espacio pudo saber la clase de escoria que amaba. Estaba deshecha y me pidió que regresara a decirle como siempre que nada era cierto, que jamás le haría algo así. No hubo respuesta. ERROR. La fiebre y el insomnio hicieron presa de ella. Supe que una vez pensó en venir sin consultarme pero al final tuvo miedo de quedar a la deriva: ya no confiaba en mí, ya la había perdido. Ella jamás habló de su dolor pero su voz en el teléfono era una sombra de su voz y después llegó el silencio, el largo y espinoso silencio hasta el fin del mundo. Me sentí traicionado, me dije: *Nadie puede hacerme esto.* Soy *Big* Rep. Pero no pude moverla un ápice y mi orgullo se esfumó. Entonces me volví loco.

Ella y yo tuvimos buenos momentos, tuvimos diálogos y sueños, tuvimos citas y canciones, tuvimos sexo con amor, sexo con magia, sexo con sangre y locura. Quizá quiera negar aquel tiempo pero voy a estar aquí recordando que le enseñé a mover estrellas, a leer escritores cojonudos, a entender lo que nuestros ojos no ven, lo que no zumba, las criaturas de oscuro aire. Ella me enseñó a *saber* y eso al menos es cierto. Ella es esquiva, silenciosa, con heridas antiguas. Debes amarla con cuidado, puede ponerse fría y dura como un sapo de yeso, puede guardarse en sí misma como un caracol resentido.

Ortega, el poeta-profesor, sostiene que el artista es un pequeño dios cuya altanería es un dolor que lo hace pedazos. Recoger cada pedazo es su oficio. Un oficio sórdido, inútil y extenuante: sórdido porque vives en un manicomio. Extenuante porque son demasiados. Inútil porque jamás los encontrarás todos. Ortega tiene razón, el pedazo más valioso no quiere saber nada de mí.

7
EL COMPLEJO DEL CANGURO

BOGOTÁ. MAYO-91
Todos pueden fingir amor pero el odio es demasiado real. El odio es como un hijo tarado, como un murciélago puesto a volar de día

Mónica sabía chuparlo mejor que nadie y siempre se tragaba el semen. Cierta chica no era mala pero arrastraba ciertos rezagos de su breve militancia feminista. Chuparlo, según ella, era signo de sometimiento. Pensar que sólo lo hacía por complacerme me quitaba las ganas y decidí eliminar esa parte de nuestro repertorio sexual. Para compensarme me dejó metérselo por detrás tres veces al mes. Eso le dolía mucho y me parecía un peor signo de sometimiento. Ella sostuvo que la clavada por detrás era un auténtico impulso salvaje y por ende aceptable. Mónica no tenía teorías ni límites, aceptaba todo pero devolvía cada golpe. Si se lo metía por detrás ella se buscaba un plátano (todavía verde) y me lo zampaba bien adentro. Si me chupaba debía chupárselo, si hacía el *salto del ángel* ella hacía la *llave del diablo* y así. Cuando Mónica lo chupaba parecía no tener dientes, me gustaba más su boca que su coño. Esa noche, mientras ella estaba sacándome chispas abajo, sentimos el estallido. El edificio entero tembló y algunas persianas saltaron pero ella no dejó de chuparlo.

—Eso estuvo cerca —dije.

—Unmju —murmuró ella.

Un segundo estallido rajó las paredes y Mónica se apartó justo cuando estaba a punto de eyacular. Traté de frenarlo pero era tarde. La baba caliente se escurrió entre mis piernas y sentí vacío revuelto con miedo y luego el miedo se tragó al vacío.

—Odio esta ciudad —dijo Mónica.

Un pedazo de pared cayó sobre la grabadora (una reliquia Sanyo que había traído de Ciudad Inmóvil) pero la voz de Roberta Flack siguió impasible. Mónica se había metido bajo las cobijas.

—Tenemos que salir —dije.

—¿Salir hacia dónde?

Mónica había hecho la pregunta del millón de dólares. Cambié de lugar la grabadora, puse un casete de Ottmar Liebert, me limpié la entrepierna con una servilleta y me tumbé en la cama. De afuera llegaban gritos y mucha gente corría, ¿hacia dónde?

Las bombas, aparte de interrumpir mis polvos y medio destrozar la grabadora, me dejaron sin empleo. Jordi Heras, un vasco de puta madre, me había enganchado seis meses atrás para que hiciera *slogans* en su agencia y ahora, aburrido de cambiar vidrios y saltar destrozos, se largaba del país. A la agencia de Jordi le estaba yendo bien y había muchos contratos pendientes pero su madre (en la lejana, fría y medieval Vitoria) había tenido un amago de infarto y Jordi culpó a las bombas. Sin empleo y con el frío colándose por cada persiana rota, no me quedó más remedio que pasarme al apartamento de Mónica. Ella no ocultó su alegría pero le advertí que sería temporal.

—Mientras consigo trabajo y un lugar más seguro —dije.

—Claro —dijo ella—. ¿Vos creés que voy a amarrarte?

Esa misma noche recogí mis cosas en cajas de cartón y mientras lo hacía sentí una rara angustia pero traté de ignorarla. Sabía cuál era el origen de la angustia y que no tenía remedio, sólo podía silbar y hacer de tripas corazón. Mónica me llamó para avisarme que le habían prestado una camioneta y en media hora pasaba a recogerme. Su buen ánimo aumentaba el nivel de mi angustia. Le dije que quizá debía pensarlo un poco, que la convivencia conmigo no sería fácil.

—Vos te creés el peor hombre del mundo —dijo ella y agregó riendo—. Y no sos más que un boludo.

Los primeros días en el apartamento de Mónica fueron un infierno. Si me demoraba en la ducha ella se ponía a gritar que le dejara agua caliente. Si leía un libro ella quería leerlo conmigo. Si veía fútbol en la tele ella decía que no soportaba el fútbol y me recordaba lo que Borges había escrito contra el fútbol. Si quería dormir en el sofá (porque no soportaba dormir acompañado) ella decía que le tenía asco. Total, me acostumbré a ducharme más rápido y a compartir el sueño. Ella empezó a ver los partidos en la tele (le dije que Borges era ciego e impotente y por eso era el único argentino al que le quedaba bien odiar el fútbol) y aceptó que la lectura era un placer individual.

BOGOTÁ. MAYO-91
Música de Charlie Christian

A Mónica le gustaban el jazz y el rock clásico. El *heavy*, el *trash* y toda la onda metalera le resultaban insoportables. Del *grunge*, una nueva tendencia nacida en Seattle, no sabía nada. El tecno y el rock en español le parecían basura (a mí también). Su gusto musical no distaba mucho del mío, salvo por ese imperdonable error llamado Mercedes Sosa (el apellido no podría ser más apropiado). Apenas me dio chance le escondí todo lo que tenía de Sosa. Mónica apreciaba muchas cosas de nuestra cultura y la ponía en algunos aspectos (me pareció increíble) por encima de la suya. A mí aceptar como propia una cultura que había producido a los Corraleros de Majagual me daba agrieras. Si no podía ser neoyorquino, al menos quería imaginar que lo era.

—¿Y qué putas sabés vos de New York?

Ella había vivido una temporada en New York. Para mí la Gran Manzana era sólo un montón de films, revistas y afiches. Era Capote y Woody Allen y McDonalds y los almacenes Macy y etc., etc. Ella lo había recorrido a pie, había estado en Manhattan al atardecer, le habían hecho un tatuaje en Harlem pero aun así estaba seguro que New York se me notaba más que a ella.

—Lo sé todo —dije:

—Pero si nunca habés pasado de la esquina —dijo ella.

—¿Y eso qué?

Ella me miró como si fuese una mosca atrapada en su red. Sabía lo que estaba pensando pero ya antes había pasado por eso. Se acercó tanto que su cara rozó la mía y lo susurró con sumo placer:

—Sos un pobre boludo sin identidad.

Su saliva me había salpicado la cara y entrado en los ojos. La aparté suavemente y fui al lavabo. Ella se quedó en la sala tarareando una cumbia y supe que nunca podría amar a esa mujer.

Mientras iba en un taxi a recoger a Pedro Blas pensé en mi niñez, en el pato Donald y su tacaño tío. Pensé en Miles Davis y Jimi Hendrix. Pensé en el primer Superman de la tele: era de mediana edad, algo robusto y panzón pero igual luchaba por la justicia. Pensé en Michael Jackson y Prince (a quienes considero los más grandes artistas del siglo) y recordé la admiración que Miles Davis les profesaba. Pensé en Charlie *Bird* Parker, en lo impresionante que es el arte de Parker. Pensé en *Dimensión desconocida* y quise escapar por uno de sus laberintos. Pensé en Marilyn Monroe y el corazón me latió más aprisa. Pensé en John Wayne, en Clint Eastwood, en John Cage, en Harvey Brooks y tantos nombres que me eran harto más familiares que Alejo Durán, Jorge Villamil o Teresa Gutiérrez. A mí Aura Cristina Geithner o Amparo Grisales siempre me han parecido unos bagazos. A través de los años me he aplicado la paja con divas como Raquel Welch, Jane Fonda, Kim Basinger o Linda Fiorentino (¿o acaso te la harías con Pilar Castaño por amor a la patria?). Puedo recordar mejor algunos capítulos de *Hechizada* que la historia de Ciudad Inmóvil y sé que Steve McQueen es mil veces más importante en mi vida que Simón Bolívar. No importa lo que diga mi pasaporte y cuánto quiera Mónica recordarme quién soy. Mi ciudad está arriba y sus rascacielos acarician el rostro de Dios. Mi cultura está en mi mente y sus ensoñaciones, no en los libros de García Márquez. El taxi se detuvo frente al hotel Dann Colonial y bajé.

Pedro estaba en Bogotá invitado por la Casa Silva. Sus poemas bruscos me caían bien y seguro harían la diferencia entre tanta mosca retórica que zumbaba por ahí. Me dijo que compartiría lectura con Willington Ospina, Andrés Roda y otras plastas por el estilo. Le conté que estaba viviendo con Mónica y él me dijo que las argentinas tenían la *concha* dura. En la Casa Silva nos encontramos con Mónica. Pedro, de entrada, le plantó un beso en la boca (licencias de poeta) y ella, azorada, apenas alcanzó a sonreír. Pedro se unió al resto de poetas para planear la lectura. Eché una ojeada en derredor: *hippies* de la tercera edad (todavía con *jeans* y abarcas), secretarias con raídas boinas (para tener un supuesto aire bohemio), desechos y aspirantes a poetas (se distinguen por la bufanda ecuatoriana y las mechas casposas y llenas de horquillas) y una larga lista de esperpentos (todos con fallas de origen), uno de éstos saludó a Mónica. Tenía nicotina hasta en las orejas.

—Henri es un literato del putas —dijo Mónica, como si estuviera animando un concurso de la tele. Henri me extendió la mano y no tuve más remedio que estrechársela—. Hace poco ganó un premio en España.

—El Xavier Solis —dice Henri.

—¿No fue un cantante de boleros?

—Xavier, no Javier —subraya Henri un tanto ofendido—. Es un poeta de la Generación del 68.

—Henri es amigo de Ospina —dice Mónica.

—Se le nota —digo.

Henri me observa con fastidio y sólo se despide de Mónica. Lo veo alejarse rumbo a la sala con la misma cola piojosa y el culo hundido de Ospina. Más que un amigo se diría que es su clon.

La lectura fue el acostumbrado festival de la envidia, el ego y el aburrimiento. A Mónica le gustaron los poemas de Pedro Blas (que fue el último en leer) y lo invitó a tomar vino en el apartamento. Una anciana y su nieta se pegaron de Pedro y hubo que llevarlas. La vieja era de Ciudad Inmóvil y había sido bailarina folclórica (Mónica dijo que le encantaba). La nieta tenía trece años y ya escribía poemas (Mónica dijo que le encantaba). Sentí pena por ella, sólo tenía trece añitos y ya estaba perdida. Pedro Blas, mientras hablaba con la abuela, le hacía ojitos a la niña. Entramos al apartamento y Pedro fue directo al baño a echarse un *pase*. Mónica se instaló en la sala con las *invitadas* y yo fui a la cocina y descorché la primera botella de vino. Pedro vino a ayudarme.

—¿Te imaginas lamérselo a esa lolita? —dijo Pedro relamiéndose. Tenía la frente brillante y las aletas de la nariz le temblaban. Pensé en mi sobrina y tuve ganas de partirle el cráneo a aquel viejo y rijoso poeta negro. En vez de eso le ofrecí un vaso de vino que se embuchó al instante—. Esta vaina no tiene sabor.

—No se lo coges por el embale —dije.

De la sala llegó el estúpido bullicio de un porro.

—Voy a pegarme otro —dijo Pedro y regresó al baño.

Puse los vasos y la botella en una bandeja y los llevé a la sala. Mónica preguntó por Pedro. Le dije que seguía en el baño. La anciana se había quitado el abrigo y estaba haciendo una demostración de baile, el pellejo de los brazos le colgaba como las alas de un murciélago. La niña-poeta había cogido un libro de Benedetti y estaba leyendo.

—Es el peor poeta del mundo —dije.

Ella levantó la cara y me observó con sus ojos claros.

—¿Usted escribe?

—No, soy boxeador amateur.

—Si escribiera, sabría que Benedetti es un genio.

No sólo estaba perdida, era un monstruo y seguro la anciana era su Dr. Frankenstein. Mónica trataba de seguir los pasos de la anciana, que eran torpes y vacíos como los sueños de un perro. Pedro Blas apareció con la cara recién lavada y fue a sentarse al lado de la niña-poeta. Me senté enfrente de ellos para vigilarlo. El porro acabó pero la anciana siguió girando, seguro estaba sorda. Mónica detuvo a la anciana y la ayudó a sentarse. De repente me sentí en un mundo fantasma y corrí hacia el estéreo. Puse *Purple rain* y me quedé allí agachado, dejando que las estridentes notas amordazaran mi corazón. La niña-poeta se acercó a preguntarme qué ruido era ese. Le dije que si se descuidaba el viejo poeta negro le iba a partir las tripas. Se puso pálida y supe que me había pasado pero ya era tarde. La niña-poeta recogió sus cosas, le puso el abrigo a la abuela y la jaló por el brazo hacia la puerta de salida. Mónica y Pedro Blas trataron de sacarle algo pero ella sólo miraba hacía mí con los ojos llenos de lágrimas. Pedro las acompañó a tomar un taxi y Mónica me acosó a preguntas.

—Le pedí que respetara a Prince y cuidara su trasero.

—Hasta con una piba sos un cerdo.

Le bajé el volumen al estéreo y encaré a Mónica.

—Si vas a montarla, me largo.

—¡Andá, boludo, salí ya!

No lo pensé dos veces. Cinco minutos después caminaba por el borde de una avenida en camiseta. Di vueltas por ahí hasta encontrar un parque. Me tumbé en una banca y me quedé dormido.

Me despertó aquella cosa aplastándome el pecho. Abrí los ojos. La cosa era la bota de un soldado. La quitó y pude sentarme. No quería explicaciones sólo que me largara porque frente al parque quedaba la casa de un político. Regresé al apartamento. Pedro Blas, con mi pijama puesto, abrió la puerta. Mónica se había ido a trabajar. Dictaba cátedra en el programa de lingüística de la UJC y era traductora de varias revistas. Se ganaba un montón de dinero y estaba en plena forma, así que todavía no descifraba qué oscura razón la movía a soportarme. ¿Sexo? No. Ella me había demostrado hasta la saciedad que su sexo era mejor que el mío. ¿Inteligencia? Hablaba con fluidez en cuatro idiomas y había leído tanto como Borges. ¿Mundo? Como bien decía Mónica: *Vos no has pasado de la esquina*. En cambio ella habría humillado a Magallanes. Además era blanca, alta y no tenía celulitis.

—¿Y qué con eso? Puede ser bella y avispada pero tú te has *fumado* la muerte —dijo Pedro Blas entornando sus pequeños ojos de lince—. Eres mejor que cualquiera, eres hosco y feroz como gato sin dueño.

—Guárdate los halagos y quítate mi pijama —le dije.

Mientras Pedro se duchaba inspeccioné la alcoba pero no habían dejado huellas. Pensé en preguntarle de frente y luego pensé que quizá no había pasado nada y luego pensé que cómo podía ser tan estúpido de pensar que no había pasado nada. Empezó a dolerme la cabeza y ya no pude pensar y decidí hacerme el idiota con Pedro porque de cualquier forma él iba a pensar que era un idiota. Después de ducharse y afeitarse (con mi máquina) Pedro se vistió a toda y salió pitando del apartamento, porque debía hacer unas compras y coger el avión para Ciudad Inmóvil, antes del mediodía.

BOGOTÁ. MAYO-91
El tibio resplandor de una caricia es apenas la sombra invisible de una lágrima

—Qué mente tan cochina tenés vos.

—¿Por qué demonios tenía mi pijama entonces?

—¿Y qué querías vos? ¿Que jodiese los trapos y subiese al avión hecho una porquería?... Claro que en vez de tu estúpido pijama pude darle mi *baby doll*.

—¿Por qué iba a viajar con la misma ropa?

—Y yo qué putas sé. Quizá por agüero. Vos mismo tenés agüero para todo.

—Cuando vuelves a casa, después de pasar la noche en un parque porque tu mujer te echó, y encuentras a un tipo con tu pijama puesto y cara de haberla pasado regio te vienen muchos agüeros a la cabeza.

—¿Sabés algo? Sos un estúpido acomplejado. Invité a Pedro Blas por vos, quería hacerte sentir que el apartamento es tuyo.

—¿A mí o a Pedro Blas?

—¿Sabés qué tenés vos? El complejo del canguro, eso tenés.

—Y tú lo tienes de puta.

Su mano, como un rayo, estalló dos veces en mi cara y cuando quise reaccionar ya se había encerrado en la alcoba. Me recosté en la puerta y la sentí llorar. Le dije que lo sentía, que estaba celoso y eso era bueno.

—Si estoy con vos, estoy con vos y punto —murmuró entre sollozos.

Pensé que aquello sonaba bonito y que quizá también lo había escuchado aquel tipo y seguro se había acordado de eso, tumbado en el asiento de atrás de aquella patrulla, con una bala en la pierna.

Un ratón había visto en la tele un programa sobre canguros y pensó que él era uno de ellos. Pensó que algún día iba a ser grande y podría saltar bien alto y aplastar al gato que lo perseguía. El ratón se metió tanto en la cabeza la idea de ser canguro que se lo creyó y una noche, después de tomarse unos tequilas (era un ratón mexicano), decidió buscar al gato para, según él, darle su merecido. Sus compadres trataron de disuadirlo pero les echó la bronca diciendo: *Pos no ven que ustedes son una partida de ratones cobardes y yo un canguro remachote.* Y con las manos en la cintura salió del bar y fue la última vez que lo vieron... Con esa historia, llamada *El complejo del canguro* (escrita por un tal Elmer Batters), Mónica trataba de explicar mis arrebatos yanquis y el autodesprecio que destruía mi autoestima y la confianza en los demás (los demás eran ella). Mi opinión distaba mucho de eso: cuando te han dado por *ahí*, justo por *ahí*, ya no puedes cerrar los ojos. Mónica creía que para mí lo más importante era saber si lo había hecho o no con Pedro Blas. Y lo era pero aun si no había pasado nada ella lo había dejado dormir allí sin saber qué rayos me había pasado. Cierta chica habría sabido qué hacer con Pedro Blas porque entendía mi mente, porque su mente estaba hecha a la medida de la mía como los rieles al tren. Cuando un avión pierde la ruta basta una maniobra para recuperar las coordenadas pero cuando un tren se descarrila no hay mucho que puedas hacer.

BOGOTÁ. JUNIO-91
Música de Ramones

Las bombas seguían cayendo como copos de nieve negra sobre Bogotá. Esa tarde estaba haciendo fila para entrar al cinema y ¡pummm!!! La fila desapareció en un instante y aproveché para coger el primer puesto en la taquilla. La empleada se había metido bajo una mesa. Después la gente fue regresando poco a poco y ella volvió a su puesto. La película se llamaba *Nada es para siempre*. La dirigía Robert Redford y el protagonista era un tal Brad Pitt. El nombre original de la película traducía algo como *El río que corre profundo* (era una película sobre pescadores) pero por política comercial se lo habían cambiado. Si hay algo que pueda chocarme es esa manía de cambiar los nombres originales de los libros y películas por otros que dan asco. No veo por qué *Nada es para siempre* resulta más comercial que *El río que corre profundo*. Los códigos que tenían esos publicistas para juzgar la mentalidad del público eran abominables. Si tenían razón o no me era indiferente pero poner *Nada es para siempre* a algo que se llama *El río que corre profundo* es un crimen.

Las películas son mejores que los curas, los siquiatras y las aspirinas. Sentado en la oscuridad uno viaja a través de las imágenes y olvida lo inmediato. A veces uno se aburre y otras goza pero siempre se olvida lo inmediato. Lo único que me cabrea de las películas, sean buenas o malas, es el *The End*. Las luces se encienden y uno tiene que regresar a lo inmediato. Atrás quedó el bello pueblo de pescadores y Bogotá, cada vez más deshecha e insegura, volvió a llenar mis ojos. No sabía a dónde ir, me había peleado con Mónica y esta vez la cosa iba en serio. Tan en serio que después de la pelea se había ido a cenar con un arquitecto paisa (que era sólo un compañero de trabajo). Me dijo que quería ser amada y no veía amor en mí. Habló de mi incurable hastío y de sentirse siempre menospreciada por no ser pura y virginal como cierta chica. Dijo que mi ideal femenino estaba más cerca de un hada madrina que de una verdadera mujer. Hizo un minucioso inventario de todo lo que había hecho por mí a cambio de nada y luego me ofreció algo de dinero para que alquilara una habitación lo más lejos de ella posible. No acepté el dinero, le dije que podía arreglármelas solo. Ahora caminaba cerca del Museo Nacional, pensando que mi única alternativa era volver a Ciudad Inmóvil con el rabo entre las piernas. Mi reflejo, en la puerta de cristal de Burger Station, no dejaba lugar a dudas: no tenía un peso, estaba mal de ropa y las últimas noches de insomnio me habían envejecido. Gasté mis últimas monedas en llamadas a amigos que no resultaron tan amigos. Mónica me había dado una semana pero quería largarme ya para evitar humillaciones. Deambulé entre los escombros como un rasgo más del paisaje y pensé en cierta chica, en su amor allí clavado que no les dejaba espacio a nuevos amores.

BOGOTÁ. JUNIO-91

El hacha clavada sobre el tronco puede verse de dos formas: la parte del hacha que se ve y la otra. Una es el amor y la otra, la muerte. Cada quien decide cuál es la muerte

Estaba en el último puesto de un autobús que atravesaría el país para llegar a Ciudad Inmóvil. Como los autobuses son trastos tan reales preferí mirar por la ventanilla y pensar en otras cosas. De la película *El río que corre profundo*, me había quedado flotando una idea relativa a que quizá nunca podamos entender totalmente a alguien y menos a los más queridos pero podemos amarlos totalmente. En mi opinión, amar a una persona quizá sea más fácil que entenderla pero mucho más peligroso porque el amor siempre duele. Uno puede tratar de entender a alguien pero no puede tratar de amarlo. El amor surge involuntario. El amor puede aumentar o bajar hasta diluirse pero no puede imponerse. A veces nos gustaría amar a determinada persona, incluso podemos comprobar que la persona tiene todos los atributos para que la amemos y no ocurre. Uno se acostumbra a cualquiera con mayor o menor trabajo pero acostumbrarse no es amar. No sé si pienso lo correcto o si mis ideas son absurdas pero tiendo a creer que el amor existe, que es una invención del hombre y que ahora está fuera de control. El amor más estúpido y delirante es el de una madre por el hijo pero al menos tiene un piso biológico. Pero pensar que te encuentras a una desconocida y al poco tiempo darías la vida por ella me parece inexplicable. Mónica se había encerrado en un motel conmigo mientras su novio pasaba la noche en un hospital. Cierto que había telefoneado hasta saber dónde estaba y que no era grave pero no estuvo con él y nunca que recuerde se sintió culpable. Después me explicó que la cosa venía mal entre ellos, que estaba harta y deseaba algo más intenso. Se había ido al motel conmigo porque quería hacer algo loco y luego le parecí interesante y luego surgió el amor... Su punto de vista me pareció patético pero le seguí la corriente porque no la amaba y por ende no corría riesgo alguno. Mónica era buena pero incapaz de producirme amor. Si lo analizo en detalle, ella tenía más de lo que podía soñar y creo que eso era lo malo: para amar a alguien ese alguien debe tener lo justo. Un poco menos es insuficiente. Un poco más echa todo a perder. Eso ocurre porque amar es un arte de la misma índole que comer: un plato que no está en su punto puede calmar el apetito pero no satisface el gusto. Hay gente que come para llenarse el buche y esos pueden vivir sin amor pero no sin compañía. Otros morirían de hambre antes que aceptar algo mal preparado. Estos últimos serán eternos solitarios a menos que den con la medida justa. Cuando se piensa en el amor las ideas no tienen consistencia y quizá por ello los grandes filósofos eludieron el tema pero aunque empalague es obvio que nuestra pequeña vida gira en torno a alguien que nos ha hecho felices idiotas o resentidos sabios. El autobús abandonó el terminal y se adentró en la autopista.

8
SUEÑO DE UNA ZANAHORIA CONGELADA

BOGOTÁ. OCTUBRE-92
El dolor es un placer inolvidable

Lo que recuerdo es el brillo de sus ojos y luego la huella de su voz en la estrecha oscuridad. Los besos colgaban de la asustada superficie como relojes de Dalí y caían en los huecos sin duendes y luego sentí su acre olor dentro mío y me comí su olor y el corazón de su olor... Las manos se repitieron hasta el cansancio y había más manos que lugares para ellas, y también algo de sangre y lágrimas y moco sobre el resplandor de su cuerpo. No sé si fue bueno, sé que fue arduo y único. Lo otros detalles se los tragó la ansiedad. Ella nunca me contó qué había sentido.

Afuera Cueto y Víctor seguían discutiendo. Ella no se había movido. Abrí la puerta y me senté con ellos. Cueto y Víctor se miraron con picardía. Me sentí mal, como desnudo en un mercado público. Les pedí que se fueran. Se alejaron entre risas. La llamé. Era una noche cálida. Estuvimos sentados en la puerta del local más de dos horas sin decir una palabra.

Después lo hicimos cada día, cada segundo, cada pestañeo. Nunca perdimos oportunidad, era una fuerza que desplazaba las otras, en cierto sentido lo sexual fue devorando el resto. Cuando me dejó le dije que teníamos muchas cosas, que no podía dejarlo todo así, que hasta en *eso* éramos congruentes. Ella dijo que *eso* era lo único que teníamos. Lo pensé. Tenía razón.

Tu cuerpo blanco como la luna de los sueños. Tus ojos abiertos sobre un enigma. Tus manos sabias. Bajo al fondo del mar y toco, justo antes de morir, una piedra redonda. La piedra me trae de regreso a la superficie. No trato de entender lo que ocurre, me tiendo sobre tu cuerpo y escucho lo que dicen los astros. Una voz trata de romper los espejismos pero ya no puede. Eres tanto así, tanto bella. Un regalo de la muerte. Mi cuerpo no lo puede creer, no creo en mi cuerpo. Mi cuerpo se opone como estúpida ciencia entre tú y yo. Tu cuerpo se deshace para dejarme entrar, mi cuerpo es duro como una ley, como un pacto de otros. Renuncio a mi cuerpo y me entrego al tuyo, renuncio a mi alma. Eres el hueco en mi corazón, la raya en mi pensamiento.

Después que te fuiste necesité mucho tiempo para hacerlo con otra mujer. Quizás hubiera sido mejor no intentarlo. Todo sin ti es desteñido y sólido, algo ya no está conmigo, el encanto murió y sólo quedan el insípido placer, la oquedad, el vicio. El deseo sigue intacto pero la atmósfera no fluye. Tenías una forma peculiar de iluminarme, un silencio con leves resonancias de estaciones llovidas, de hoteles a mitad del desierto. Ignoro qué clase de tipo será tu marido pero dudo que tenga lo suficiente. Y no se trata de mí sino de ti, de tu fatiga y ausencia en cualquier instante, algo que es nuestro secreto, algo frío y peligroso.

Tu cuerpo era mío cien años antes de pertenecerte, te salvé muchas veces en otras vidas, torcí tu corazón y nadie puede enderezarlo. Nada hice con secretas intenciones, no hubo dinero ni honores a cambio, no hubo pacto ni chantaje. Te entregaste a mí y te tomé con sumo cuidado. Estabas hecha de tal forma a mi naturaleza que nadie estará contigo sin tenerme un poco. No tenías ninguna experiencia. Entre los dos nada faltó. Ahora te rodean objetos y tienes lo que ustedes llaman *una vida*. Sabes que carezco de talento para eso, no sé despertarme acompañado cada día, no sé bajar escaleras a cierta hora ni besar a determinada gente. Sería capaz de quemar un hospital pero jamás cumpliré una cita. Los seres superiores como tu marido hacen un trabajo excelente. Sólo atino a vivir y por eso me llaman vividor. Soy el sujeto que detestan las madres y adoran las hijas. ¿Qué puedo ocultar? Mi huella queda en el agua.

Ahora parezco un viejo *cowboy* desnudo en la solitaria cama de un hotelucho. El más anónimo pistolero del *Far West*. Podría dar lecciones en filmes pornos. Una mujer en mis manos no sería una mujer sino un lugar de relámpagos, una furia de ardores y significados. Lástima que ninguna mujer pueda moverme a eso, lástima que seas tú la única mujer capaz de encender la vieja bombilla del sótano. Si te tuviese ahora sería un homicida en el fondo submarino, sería el mismo diablo. Lo que aprendí no está en las canciones ni en el cine, lo mío es una experiencia que ayuda a cruzar las calles oscuras y poner el punto exacto en las comidas. Puedo poner, uno a uno, los huesos de una mujer en el lugar justo, puedo corregir a la naturaleza, soy el cómplice de Dios. Ustedes dirán que exagero pero ustedes jamás serán ella.

Lo duro es pensar cómo se pierde el tesoro, cómo me devora el hastío. Soy el señor sexo, el señor muerte pronta, el señor amor, y eso no me ayuda a encontrarte, eso es algo más que pierdo contigo. Todo el futuro está hendido de ti, todo es repetición y mugre. Al menos espero que te encuentres bien, que tu fiesta dure. Sería criminal que no fuese así.

BOGOTÁ. OCTUBRE-92
No tengo sentimientos ni ideales profundos, sólo quiero lavarme los dientes y esperar que no se me caigan

Todos los días violan aquí y en todo el mugroso mundo a un montón de mujeres. Hoy le tocó el turno a mi vecina de piso. Uno lo piensa y lo piensa. Mi vecina es una cuarentona alta y en plena forma, esos hijoputas han debido pasarla de lo lindo. Uno lo piensa y el pepino se le endurece a más no poder y uno quisiera ir hasta la cama de la vecina a llevarle el *postre*. Uno se imagina lo delicioso que debe haber sido, uno llega a soñar que tiene el garrote repleto de sangre caliente y va por las solitarias calles destapando chochitos de todas las edades y colores. Uno no sabe si maldecir o envidiar a los miserables que atoraron por la fuerza a su vecina, después de todo uno también lo ha pensado aunque esté seguro de no hacerlo. Uno no sabe qué actitud tomar hasta que se imagina que le hacen lo mismo a su madre. Eso cambia el panorama. Si piensas que cuatro enormes sujetos —provistos de ásperas y cuadradas vergas— atoran en un estrecho y oscuro callejón a tu madre, a tu pequeña hija, a tu canario favorito, o a ti mismo, las dudas éticas se esfuman y estás listo para descuartizarlos en trocitos cuadrados como cubos de hielo.

Mi vecina no piensa hacer ninguna denuncia, prefiere echar tierra y olvidarse del asunto. Ella sabe que será muy difícil atrapar a sus violadores y que si los atrapan no les harían ni cosquillas, las leyes al respecto son una babita grumosa. Hacer escándalo sólo dañaría más su estrecha dignidad y pondría en peligro su vida y su empleo.

Todos los días miles de mujeres son golpeadas y violadas dentro de sus propias casas, frente a sus propios hijos, por sus propios maridos. Algunas acuden al juzgado en busca de ayuda. Una de ellas es conocida mía, se llama D y tiene dos niñas. La juez que la atiende le dice que mientras no le concedan el divorcio es muy poco lo que puede hacer. Le pide paciencia.
—Siento asco cuando me toca —dice D.
—Entiendo —dice la juez.
D se cabrea. La juez se cabrea. Discuten. La juez le dice a D que tiene obligaciones con su marido hasta que fallen el divorcio. D dice que matará a su marido si vuelve a tocarla.
—Es asunto suyo —dice la juez.
—¡Jódase! —grita D.
Al día siguiente, la juez se enteró por la prensa que D había asesinado a su marido de setenta y cuatro puñaladas. Lo hizo mientras éste dormía después de haberla ultrajado. D todavía no sale de la cárcel. No sé qué habrá sido de las niñas.

Desde mi ventana veo las lucecitas sobre la montaña. Parece una postal navideña, un lugar donde reinan la quietud y el amor. Más cerca están los edificios, allí también parece haber calidez y armonía. Enfrente de mi ventana hay otra ventana, a veces veo gente ir de un lado a otro pero nunca he captado problemas allí. Desde una ventana se ve más bien poco.

Cada noche hay menos gente en la ciudad. Desde las seis empiezan a correr hacia sus hogares en busca de refugio. Unos van a la montaña que enciende sus lucecitas, otros hacia los edificios con vigilantes armados. Me da rabia y salgo, arriesgo mi trasero por las vacías calles sin ley. Desde la oscuridad me observan. El miedo me pica en las nalgas, la espalda y la verija. Me rasco aquí y allá hasta que desaparece. La mayor parte de la ciudad ha sido comida por el miedo: el miedo es la sustancia de la que está hecha.

Me pregunto cómo le estará yendo a cierta chica, me pregunto si amará a su marido, si le gustará la forma como hace el amor, si querrá hacerlo cada vez que él quiere, si la obligará, si ella finge para evitarse líos, si ha ido al juzgado, si tienen discusiones, si él ha intentado pegarle alguna vez, si lo ha hecho y ella planea matarlo cada noche. Me pregunto si son quietos y amorosos, si en su jardín cantan los ruiseñores, si cuando piensa en mí lo hace con añoranza o con alivio. Me pregunto si todo es mentira entre ellos o son el gran pastel de la verdad, y si todo es mentira me pregunto cuánto durará. Es arriesgado hacer pronósticos, las mentiras suelen ser eternas en manos de gente como cierta chica.

CIUDAD INMÓVIL. DICIEMBRE-92
Todas las invenciones de uno son verdaderas, puedes estar seguro de ello

—La zanahoria debe ser mediana —dice Aldo—. Debes mojarla en agua lluvia y luego untarle limón. La dejas cinco minutos a fuego lento y enseguida la pones a congelar.
—¿Y funciona?
—Una vez congelada, sí.
—¿Quién te enseñó eso?
—Gente que anda por ahí —dice Aldo.
—No sé si podré hacerlo.
—Lo harás —dice Aldo.
Ciro viene de la tienda con tres cervezas. Aldo y él hablan de las virtudes de la zanahoria congelada. Aldo la monta de brujo, es un tipo chistoso. Mucha gente no lo soporta, mucha gente no me soporta a mí ni a Ciro ni a nadie que se atreva a ser diferente.

Aldo no pinta ni escribe, nadie sabe lo que hace, sólo es Aldo: un hombre bajito y robusto que sonríe todo el tiempo. Ciro también es Ciro y eso inquieta a muchos. En cuanto a mí, soy Rep, ese es mi único oficio. La demás gente es circunstancial y previsible. Cuando uno está con alguien de su misma especie se siente cómodo, no hay que actuar. La gente que no tiene nada en sí misma, que no puede saber nada y por ende no puede despreciar la mierda, es conflictiva en extremo. Lo único que interesa a esa gente es tener la razón así que dásela y punto. Jota también sabe ser Jota.

No importa la clase de basura que acumule, no importa porque al final sigo siendo un reptil de seis pies y ochenta y un kilos. Cuando llega el momento de cerrar el pico, y darle con lo que tenga a mano al cabrón que me sonsaca, no tengo inconveniente. Creo en el odio y la venganza, creo que si la cosa se pone dura es mejor tomar ventaja. Me gusta ser justo, quedar bien con mis riñones, tengo mi propia idea de lo estético, pero la verdad es que a veces no hay alternativa y toca correr. Si debo sacarle los dientes a cualquiera no me lo pienso un segundo, si lo pienso me quedo inmóvil y soy presa fácil. Trato de no ser rencoroso pero no puedo olvidar que mi blanco corazón guardó una rabia doce años, al cabo de ese tiempo encontré al enemigo y le pegué con la rabia intacta. El odio me ha demostrado muchas veces que el tiempo no existe.

Sin miedo no hay sensación pero el miedo debe ser abstracto. Temer a lo real te aplasta contra tu propia sombra. Sin miedo la vida es hueca y remota como un agujero en el espacio sideral. El miedo calienta la sangre, es vida. El miedo a lo real daña el estómago, hace que estés mucho tiempo en el baño, es muerte. Temer a lo real es como hacerle caso a una mujer que asegura amarte y no te da el culo. Nada real justifica meterse un tiro en la cabeza pero basta para partir en dos a cualquier mosca que quiera zumbarte al oído.

Compré un kilo de zanahoria y escogí la más apropiada según las indicaciones de Aldo. Hice como me dijo y dejé la zanahoria en el fondo del congelador. Los primeros días la tuve presente y después la olvidé.

Sid se ahorcó pero nadie puede asegurar que haya sido por Nancy. Él la había matado mucho antes y quizá ni la recordó al momento de ponerse la soga al cuello. Hay gente que se complace pensando que lo hizo por ella, ven en ello una compensación, pero Sidney Vicious no era de esa calaña. Cada quien conoce el olor de su cuerpo y lo asume, lo duro es aceptar olores ajenos. El amor es un pacto entre olores, entre tipos de pus que intentan convivir. Si uno llega a cansarse de su propio olor qué pueden esperar los demás. Lo ideal es cansarse primero pero eso no siempre pasa. Sid apuñaló a Nancy y después se ahorcó, uno y otro hecho pueden estar desconectados. Creo que no lo están: se trata más de conocer las razones que me llevan a pensar así que el mero hecho de pensarlo. De cualquier forma es mejor soñar con una zanahoria congelada que tener mis pesadillas, eso es seguro.

CIUDAD INMÓVIL. FEBRERO-92
El sexo no necesita al amor pero le viene bien, el amor necesita todo lo posible y algún imposible

—¿A quién llamas, Rep? —volví a marcar el número. Todo giraba, la cara de Jota era una máscara burlona, Ciro y Toba también reían. Ray estaba apoyado contra un poste y Mario hacía turno para usar el teléfono—. ¿A quién putas llamas?
—A mi amor, hijoputa. A mi amor.
—Ya no tienes amor, Rep.
—Ella me ama.
—Ella tira con otro.
—¿Y eso qué?
Fue una carcajada unánime. Un perro cruzó el parque y me miró burlón. Tiré el teléfono y traté de golpear a Jota. Me esquivó con una finta y caí sobre una banca. Ciro me ayudó a levantar. Mario había cogido el teléfono.
—¿A quién llamas?
—A mi mujer —dijo con suficiencia.
Agarré una botella de la banca y tomé un buen chorro. Ciro me encaró:
—¿Qué pasa contigo, Rep?

—Está roto —dijo Toba detrás de Ciro.

Traté de apartar a Ciro para golpear a Toba con la botella. Ciro me puso la mano en el pecho y me empujó hasta un árbol. Ray se nos unió. Ciro me arregló el cuello de la camisa y me quitó la botella.

—No pierdas la elegancia —dijo.

—¿Qué hago entonces?

—Pégate un tiro —dijo Ray.

Volvimos con el grupo. Mario terminó su charla y volví al teléfono. Marqué. Esta vez contestó ella.

—Es tardísimo —dijo—. Mi mamá se pone nerviosa.

—Sólo quiero hablar un poco —dije.

—¿Estás borracho?

—No.

—Eres un mentiroso —dijo ella.

—¿Y eso qué?

—No vuelvas a llamar —dijo y colgó.

Volví a marcar y contestó su madre. Colgué.

Era una chica tan dulce. Lo que siempre me gustó de ella fue su silencio, no era un silencio cualquiera, estaba lleno de contrastes y pequeños silencios dentro de otros como ondas en un estanque. Ella no trataba de entenderme, sabía que era estúpido pretender eso. Odio a la gente que entiende, nada es más sucio y abyecto, entender es el peor insulto, una patraña envuelta en papel dorado. Entre los dos no hizo falta entender: tenía mi dolor con palabras y ella su silencio.

Una tarde llegó a mi casa. Hacía seis meses que no sabía de ella, fue una gran sorpresa. Nos fuimos a mi habitación. Me encontraba vestido porque iba a salir. Le pregunté cómo iban las cosas con su tipo. Ella no quiso hablar de eso, me pidió tenderme en la cama y luego se subió sobre mí. Traté de abrazarla. Dijo que no hiciera nada, que estuviese quieto, que no dijera una palabra. Su voz era dura y rabiosa. Se movió sobre mí con calma y luego fue acelerando poco a poco. No me besó. Sus manos tocaban mi cara y hombros con delicadeza extrema. Estuvo como media hora sobre mí y luego se fue sin despedirse. No supe qué hacer, me quedé allí acostado sintiendo su cuerpo, con miedo a perderlo una vez más, sintiendo cómo su calor se enfriaba sobre mí lentamente, cómo la sensación de movimiento se quedaba inmóvil, cómo se esfumaba su figura, cómo me dejaba solo hasta el fin del mundo. Estaba húmedo y cada extremo de mi humanidad latía como mil miedos en el corazón de un pájaro. No quería pensar, no quería la sombra de una idea, no quería saber, quería permanecer ausente como el lado oculto de un sueño.

—Murió la *flor* —dijo Ciro.
—Aquí hay mil —dije.
Toba recogió el dinero y fue por la botella. Mario y Jota lo acompañaron. Me acosté en la banca, estaba fría como la memoria de un muerto.
—¿Qué pasa contigo, Rep?
—Tengo el alma averiada.
—¿Goteras?
—Muchas.
—Necesitas un plomero —dijo Ciro.
—Una legión —dije. ¿Y cómo vas tú?

—No tengo idea —dijo.

—Mantente allí.

Toba y Jota regresaron. Mario se había ido a buscar emociones más fuertes.

—Necesito música —dijo Ray.

—Y un cerebro —dijo Toba.

—Yo me quedo —dije.

Ray se alejó veinte pasos pero al notar que nadie lo seguía regresó y se acostó en otra banca. Al poco rato se quedó dormido. Toba danzaba solitario mirando la luna.

—¿Sabes qué me molesta, Rep?

—Las mudanzas —dije.

—¿Cómo adivinaste?

—¿Qué importa cómo?

Jota también estaba dormido. Ciro fue al otro lado del parque y no regresó. Cerré los ojos y pensé en ella.

CIUDAD INMÓVIL. FEBRERO-92

¿No sabes que no existe el diablo? Sólo es Dios cuando está borracho

Había dos reglas de oro. 1. Debes ser duro si quieres respeto. 2. Si eres duro debes serlo para siempre. Me pregunté cuán duro era en verdad. Al menos anoche no lo había sido. Llorar y hacer el amante destrozado en público no estaba en mis planes de vida y ahora, con el guayabo más hijoputa del mundo, no podía quitarme aquella imagen. Recordé los primeros días sin cierta chica, las veces que encerrado en mi cuarto había escuchado bajito a Julio Iglesias y cómo luego escondía sus casetes porque un rockero duro que escucha a Julio Iglesias es tan inconcebible como Caperucita Roja inyectándose heroína. Había más cosas oscuras en mi pasado pero me gustaban allí, en el fondo del hueco donde el amor a cierta chica se negaba a caer. Mamasabia entró al cuarto con las aspirinas, el agua y el caldo de verduras. Ella podía acabar cualquier guayabo pero yo quería más, quería que regresara el tiempo y borrara mis caídas en falso o al menos la estúpida noche anterior y mi perdida elegancia.

Entre los defectos que tenía cierta chica cuando la conocí, el más grave era escuchar canciones de Silvio Rodríguez y su corte de mamones. No fue difícil sacarlos de su vida y meter allí a Tom Waits. Después seguí cambiando cosas hasta que ella fue perfecta. Seguro alguien pensó que aún tenía un defecto y me sacó a mí. Muchas veces, cuando más me jodía su ausencia, la busqué en esas odiadas canciones. La busqué tanto que acabé tarareando esas cosas y me olvidé por una temporada de Tom Waits y los otros diablos, hasta se me quitaron las ganas de haber nacido gringo. Mucha gente no sabe que en 1970 (cuando apenas tenía ocho años) mi padre me hizo escuchar a Miles Davis y luego a Jimi Hendrix. Cuando terminó el tema de Hendrix, se agachó frente a mí y me dijo (nunca olvidaré lo serio que estaba): *Ya lo has escuchado todo.* Al día siguiente mi padre murió atropellado por un autobús (ese mismo día Hendrix murió en Londres, ahogado con su propio vómito) y yo todavía conservo aquel par de *long plays*. Años después supe que Hendrix y Davis habían sido amigos y que solían reunirse en casa de Davis para improvisar *jams*, ¿te imaginas? El par de monstruos juntos. Me habría gustado contárselo a mi padre.

Porque los sueños no están rotos aquí, sólo cojean, dice una canción de Waits y era exacta. Allí estaba mi alma cojeando por haber fallado pero todavía era capaz de hacer otra ronda, sólo debía esperar la noche. Y la noche llegó y fui a enfrentar a mis compinches pero nadie dijo nada. Hablé aparte con Ciro y le pregunté qué comentarios se habían hecho y él sonrió con malicia y dijo: *Todavía eres intocable.* No ser gringo ha sido quizá la mayor frustración de mi vida así que sólo me quedaba ser duro. Julio Iglesias, Pablo Milanés y demás monicongos podían irse por el desagüe porque mi elegancia estaba de vuelta.

BOGOTÁ. MARZO-91
Y nunca sabrán mi nombre ni el tesoro de mi escape

Estaba en una esquina sin hacer nada, parado allí entre la gente que esperaba el autobús. A mi lado había una pareja besándose. El tipo soltó a la tipa y fue a comprar cigarrillos. Un hombre viejo se paró junto a la tipa y empezó a decirle porquerías. La tipa le respondió con frases de grueso calibre. La gente formó un círculo alrededor de ellos. El tipo regresó con los cigarrillos y se quedó mirando la discusión. El viejo empujó a la tipa. La tipa miró hacia el tipo y éste se encogió de hombros. La tipa dejó al viejo y encaró al tipo.

—Sos un boludo —dijo la tipa—. Ese asqueroso viejo me ha insultado cuanto le ha venido en gana.

—Es sólo un viejo —dijo el tipo.

El viejo se acercó otra vez a la tipa y le agarró el trasero. La tipa arañó la cara del viejo. El tipo agarró a la tipa y ésta lo arañó a él.

—Boludo, sos un boludo —dijo entre sollozos.

El viejo se fue. La tipa siguió insultando al tipo que con un pañuelo se limpiaba la sangre de la cara. La gente se aburrió de verlos y se alejó. Me quedé parado cerca de ellos. Pasó un cuarto de hora y todavía la tipa estaba pelándole los huesos al tipo. Lo llamaba boludo una y otra vez y hacía una larga lista de ejemplos para ilustrar la clase de hombre que era el tipo. Dos policías se acercaron hasta ellos y se quedaron observando la escena. La tipa arreció su letanía. Los policías parecían estarla pasando bien. El tipo apartó a la tipa y se fue encima de los policías con uñas y dientes. Los policías trataban de frenarlo pero el tipo estaba hecho una fiera. Uno de los policías sacó el revolver y le pegó un tiro en la pierna al tipo. La tipa gritó. El tipo cayó en un charco de sangre. La tipa se arrodilló junto al tipo y éste manoteó para apartarla. Una patrulla hizo su aparición. La tipa quiso subirse y no la dejaron. Se llevaron al tipo y la tipa quedó sola. La gente volvió a dispersarse. El viejo estaba otra vez junto a la tipa. Ella no le puso atención y él se alejó. La tipa se limpió la cara y me sonrió. Le sonreí. Hablamos. La invité a tomar algo. Se lo pensó un poco pero aceptó. Nos metimos en un bar del centro, uno de esos sitios oscuros... Y luego fuimos a un motel en Chapinero... La tipa se llamaba Mónica, era argentina, tenía un doctorado en literatura inglesa y no me había exigido condón.

CIUDAD INMÓVIL. DICIEMBRE-92
Esta es mi canción, mi oscura canción

No sé cuántas posibilidades he tenido de ser bueno, al menos no he captado ninguna, y si así fuera, la habría evitado, uno nunca sabe lo que una oportunidad arrastra. De niño me regalaban un perro tras otro, todos morían a las pocas semanas de estar conmigo: dijeron que no tenía humor para los perros. Cuando estaba a punto de cumplir ocho años mi padre murió: supuse que no tenía humor para los padres. A partir de allí empezaron las mudanzas y muertes que han sido la marca de mi existencia. Pensé que cierta chica era mi lugar: la casa que nunca dejaría, el ser que jamás iba a morir. Pensé que tenía humor para ella. Total. Nada. Mi humor sigue siendo terrible para personas, animales y cosas. Sólo mi madre aguanta.

Mudarse es lo peor: dejar un sitio, subir tus cosas a un camión que te llevará a un lugar nuevo. Los lugares nuevos suelen ser huraños al principio, algunos lo son siempre. Atrás quedan amigos y novias, queda el color del cielo a determinada hora y en determinada compañía. Pensé que cierta chica era mi recompensa por cada hueso roto y tanto humor asesino, pensé que con ella no habría trucos ni desasosiego, que por fin iba a tirarme en la hierba para respirar el aire del amanecer. Total. Peor. Resulté más eficaz que la vida, hice de cierta chica otra zancadilla, otro salto al vacío y el dolor más agudo y duradero de todos.

El amor es bueno mientras dura pero a veces dura demasiado. Me gustaría pensar que todo acaba y empieza, me gustaría decir que la experiencia ayuda, me gustaría saber que estoy muerto, que no tengo humor ni para mí. Por fortuna cuando las cosas van mal viene alguien y las empeora, ese es el único alivio.

Hay una mujer que me gusta. Ella trabaja y va al gimnasio, tiene una niña y suele pasar con ella por el parque. A veces nos encontramos por allí y cruzamos algunas palabras. Quisiera decirle más pero no puedo. Ella sonríe y se aleja. No sé de su vida, no conozco nada de ella, tal vez sea mejor así. Cuando conocí a cierta chica tuve deseos de alejarme en sentido contrario, de evitar penetrar sus misterios, de quedarme afuera, de sólo verla a través de un cristal... Lo estúpido es pensar más allá de nuestras narices, es vivir unos metros adelante.

CIUDAD INMÓVIL. DICIEMBRE-92
El sexo es un calmante pero crea hábito

Mi madre está lavando la nevera y mi hermano el baño. Mi otro hermano mira la tele y yo escucho música en mi cuarto. El hogar es frenético y eso me gusta. La vida es apta para mí, me encanta estar aquí ahora y escuchar a Nirvana, me gusta saber que es viernes y en la noche saldré a encontrarme con amigos y veré mujeres tan bellas como Nilda: ella es vida, su aroma llena espacios en dimensiones simultáneas, con sólo verla soy mejor. Adriana es preciosa, quieta y dulce como atardeceres en el norte de Irlanda. Hay muchas mujeres lindas en Ciudad Inmóvil pero muy pocas tienen alma y melodía. El ritmo abunda pero sólo a los macacos les importa el ritmo.
—Rep.
—¿Sí?
—Ven un momento.
Mi madre está frente a la nevera con un pedazo de hielo negro en la mano.
—¿Qué pasa?
—Mira esto.
Agarro el pedazo de hielo y lo observo.

—¿Qué cosa es?
—Eso quisiera saber.
—Para ser un cocodrilo es muy pequeño —dice mi hermano.
Mamá me quita el pedazo de hielo y lo agita.
—¿Qué diablos será?
—Es una zanahoria —digo.
—¿Cómo lo sabes?
—Yo la puse allí.
Mi hermano suelta una risita burlona. Mamá no parece encontrarle la gracia al asunto.
—¿Para qué?
—No lo sé, mamá.
Ella tira el pedazo de hielo negro en el lavaplatos y abre la llave, el agua lo deshace. El líquido negro resbala por el hueco del lavaplatos y unos segundos después no quedan rastros de la zanahoria.
—Eso no era una zanahoria —dice mamá.
—Te juro que sí.
Ella sacude la cabeza y vuelve a la nevera. Regreso a Nirvana. Trato de recordar lo que me dijo Aldo aquella vez pero algo frío y oscuro en la mente (como un pedazo de hielo negro) me lo impide.

En el parque me encuentro con Ciro y Toba. Fran aparece con noticias: hay un coctel en la Casa España. Sigo la corriente de la noche sin emociones porque algo frío y quizá oscuro en mi pecho no me deja vibrar. Después del coctel nos vamos al Ratapeona. Trato de sintonizar con los demás pero no lo consigo, me quedo a la deriva observándolos. En la madrugada regreso a casa, mi mente trata de ir hacia un punto pero no llega, es como un abismo sin fondo. En la Casa España hablé con Aldo y le pregunté por la zanahoria pero él tampoco lo recuerda. Me dijo que la zanahoria tiene miles de usos, que podía habérmela recomendado para cualquier cosa: *puede curar desde un forúnculo hasta un sortilegio atroz.* PUEDE MATAR CUALQUIER COSA. La actitud tan seria de Aldo al hablar de la zanahoria y su voz solemne me hicieron reír. Ahora sus palabras me rondan. Me lavo los dientes y me acuesto con la luz encendida. En la cama doy vueltas. Sé que la zanahoria ha cumplido su misión y que ésta entraña un crimen, sé que nunca voy a descifrar el misterio, que jamás sabré por qué la puse allí y con ello algo de mí: un gesto, una forma de vacío, un fragmento de luz sobre un rostro, una raya morada, se ha perdido para siempre. Eso no es tan grave, a fin de cuentas es lo que quería, el problema ahora es saber CUÁNTO TARDA LA TERMITA EN DEVORAR EL BOSQUE.

Índice

1
Dillinger jamás tuvo una oportunidad 7

2
Producciones Fracaso Ltda. 43

3
La muerte de Sócrates 67

4
Guitarra invisible 83

5
Corto y profunda 119

6
Ballenas de agosto 127

7
El complejo del canguro 165

8
Sueño de una zanahoria congelada 189